花嫁のためらい

スーザン・フォックス 作

大森みち花 訳

ン・イマージュ

ニューヨーク・アテネ・アムステルダム

ミラノ・シドニー・マドリッド

・ブダペスト

The Bride Prize

by Susan Fox

Published by Harlequin K.K., Tokyo, 2005

◇作者の横顔

スーザン・フォックス　末の息子パトリックとアイオワ州デモインに住む。時間があればソファーに座りスナック片手にテレビを見ている。大の映画ファンで、とりわけロマンチックな映画が好き。幸せな結末が約束されたロマンス小説を数多く読み、さらなる執筆に向けて自らも構想を練っている。

主要登場人物

コリー・デイビス……牧場経営。
イーディ・ウエッブ……コリーの友人。
シェーン・メリック……コリーの幼なじみ。
ニック・メリック……牧場経営。シェーンの兄。
コルビー・ブレイク……馬のブリーダー。
セリーナ・ブレイク……コルビーの娘。ニックの元恋人。

1

荒涼と広がる大地の真ん中に、小さな牧場がまるでとるに足らない切手のように張りついていた。朝から晩まで骨のきしむ重労働が続く。ただでさえこぎれいで清潔な仕事場とはほど遠いのに、汗と土ぼこりにまみれ、ときには血で汚れることもある。危険もつきものだった。普段はどんなにおとなしく、どんなに慣れているものでも、体の大きな動物たちはいったん暴れだすと大変なことになる。気を抜くことは許されなかったし、十分注意していても事故は起きた。トラブルに四苦八苦するのは日常茶飯事。ときには西から猛烈な嵐《あらし》もやってくるし、落石もあった。

女性が働く場所ではなかった。けれどコリー・デイビスは、とっくの昔にあきらめている。十八のころは、それでも一瞬、ひとかけらの色気もない男まさりな娘という名を返上しようと試みたこともある。ストッキングをはいたり、化粧をしてみたり、そのときはそれなりに努力した。地元の図書館からマナーの本を借りてきては読みあさり、女性誌を何冊も買いこみ、週末になると、サンアントニオまで出かけていき、とびきりエレガントで、とびきり女らしい服や小物も買ってきた。

それらは今、値札もとらず、クローゼットのどこか奥の方につっこんである。ささやかな買い物熱に浮かされて勢いで買ったレースの下着も、一度も身につけたことのないまま、たんすのこやしになっていた。

コリーが女らしくなろうと思ったのは、ある男性のせいだった。だが、なにも知らないその男性は厳しいひと言で、そんなコリーの気持ちを萎《な》えさせた。

〝コリー、きみは頭がいいし分別もある。だから、言われなくてもわかっているだろう。きみは僕の弟の相手にふさわしくない。父はシェーンの将来を見据えている。大学にやり、メリック家の一員としてビジネスを継がせる気だ。この先、数カ月あるいは数年間、じっくり見きわめたうえで、弟はなにがしかのポストにつくことになる……〟

ニック・メリックは言葉を切り、冷ややかな視線をコリーに向けた。コリーは黒い瞳を見つめ返した。いやな予感がわきおこる。次になにを言われるか想像がついた。

〝きみの住む世界じゃない、コリー。なじめずに苦しむきみを見るのはしのびないよ〟

ニックから面と向かって言われたことにショックを受けながら、コリーはそのとおりだと思った。下の息子のために父親が定めた未来図に、自分の居場所はない。シェーン・メリックの妻になるのは、もっとちがう女性のほうがいい。まったくもって異論はない。だいたいコリーには、シェーンの生活に自分を慣れさせようという気はさらさらなかった。そもそも、結婚することさえ考えていなかった。あの時点でもそうだし、将来結婚しようとも思っていなかった。

自分の本当の気持ちをニックに知られなかったことがせめてもの救いだった。コリーが恋していたのは、シェーンではなく、ニックだった。きれいな服も上品ぶったしぐさも、みなニックの気を引きたいがためだった。弟にはふさわしくないとずばり切りすてたあの言葉で、ニックが自分をどう思っているのかわかった気がした。もしかしたら、ニックは自身のことと置きかえて話していたのかもしれない。

たしかに私は、男性にちやほやされたり、熱心にデートに誘われたこともない女の子だった。今もそうだ。だからあの言葉は、きみは異性として見られないと宣告されたも同じで、いっそう落ちこんだ。シェーンとすぐに意気投合したのは〝男友だち〟という感覚で見られたからかもしれなかった。

それなのに、どこで話が飛躍してしまったのだろう。私たちが結婚を考えているなんて、どうしてそんな話になったのだろう。

身の置きどころがなかったあの会話も、今ではもうほとんど忘れかけていた。過去のいやな思い出はきれいさっぱり忘れ、なにごともなかったかのようにふるまうのがコリーのやり方だった。二十になる直前に父が死に、にわかに忙しくなって、メリック兄弟のことを考える暇などなかったせいもある。

メリック牧場とは隣同士だったが、たいしてつきあいもなく、その後ニックと顔を合わせることはほとんどなかった。シェーンは予定どおり大学に入った。だが、ロデオへの夢を捨てきれずに、一学期で退学してしまった。ニックと、今は亡き父親が考えた計画はご破算になってしまったわけだ。

実のところ、この六年間、シェーンとはまったくといっていいほど音信不通で、頭の中から消えかけていた。それがきのう、留守番電話にニックのメッセージが入っていて、過去がどっとよみがえってきたのだ。

ニックは、コリーが今でも弟と連絡をとりあっているものだと思っているようだった。〝シェーンに会ったら僕に電話をするよう言ってくれ〟

思いもかけない言葉に、コリーは一瞬ぽかんとした。なんだかすぐにでもシェーンと会って、メッセージを伝えられそうな気になってくる。ニックに折り返し電話しようという考えすら浮かばなかった。

それから丸一日たつ。だが、シェーンの姿はちらとも見かけない。きっと直接連絡をとったのだろう。さもなければ、またなにか言ってくるだろうから、それまで放《ほう》っておこう。

厩舎《きゅうしゃ》から母屋にもどる道のりは、朝の仕事で疲れた体にはとりわけ遠く感じられた。全身汗だくで真っ黒だ。両手は、短く切った爪の中まで油が入りこんでいる。おそらく髪もぎとぎとだろう。袖《そで》は破れ、どこもかしこも土ぼこりだらけ。風力発電機の修理に手こずり、世話をしていた子馬から派手に振りおとされたあげく、このざまだった。どうも集中できない。修理も世話も別の日にすればよかった。

さっとシャワーを浴び、服を着替えて簡単な昼食をとり、事務的な仕事をすませて、家の中のことでもしよう。そうこうしているうちに、メリック兄弟のことも忘れ、過去を記憶の底に押しもどせるかもしれない。

破れた袖をながめながら、縫いあわせるべきか、切ってしまおうかと考えながら歩いていると、突然、男性の笑い声が耳に飛びこんできて、コリーは家の裏口に目をやった。

「いかす格好だね」

ポーチの手すりにシェーン・メリックが腰をかけていた。相変わらずハンサムで、無法者を気どった黒のステットソン帽をかぶり、真珠貝の留め具がついた、瞳と同じ鮮やかなブルーのウエスタンシャツを着ている。まったく色あせていない、見るからに新しそうなジーンズに、なんともいえない輝きを放つ黒のブーツ。が、ひときわ目立ったのは、これ見よがしにつけている、ロデオチャンピオンである証《あかし》の大きな金のバックルがついたベルトだった。

コリーがポーチの階段に足をかけると、シェーンは手すりからおりた。腕を大きく広げて近づいてくる。コリーはとっさに手をあげ、それを制した。

「汚れるわよ」

「たいしたことないさ」

言うが早いか、シェーンは思いきり抱きしめて、コリーを苦笑させた。

「まいったな。でも会いたかったよ、コリー」

大げさな抱擁やくすぐったい言葉をコリーはわざと無視した。

「元気そうじゃない、ぼうや。すごくいい匂《にお》いがするわね」

コリーは体を離し、ずれたステットソン帽を直しながら、笑みを浮かべてシェーンを見あげた。

「荒馬乗りのチャンピオンさん、調子はどう？　三つ目のバックルも狙《ねら》ってるの？」

シェーンは微笑《ほほえ》み返し、手をのばして、コリーの頬に張りついている、三つ編みからほつれた髪を払った。

「やっとここまで来たよ。勝利の女神が微笑んでくれているうちにやめるかな」

コリーは二、三歩前に進み、ドアノブに手をかけた。

「冷たいものでも飲む？」

「いいね」

コリーは先に立って中に入り、ステットソン帽を壁の釘《くぎ》にかけて、流しに向かった。

「適当に好きなもの飲んでて。私は汚れた手を洗っちゃうから」

片方の袖をまくり、もう片方も雑にたくしあげ、蛇口をひねって、流しに置いてある皿から棒状の石《せっ》鹸《けん》と小さなハンドブラシをとる。ざっと石鹸を泡立て、油まみれの手や爪をごしごし洗いはじめた。

「なんの酒にする？」

声をかけられ、コリーは冷蔵庫のドアをあけているシェーンを肩越しに振り返った。

「冷たい水」

すぐまた手元に視線を落とす。

冷蔵庫のドアをしめる音が聞こえた。シェーンが水の入ったグラスを手に近づいてくるのがわかる。

コリーはほんの少しだけ首をねじって笑みを向けた。

「ありがとう。これをすませちゃうから、そこに置いておいて」

「きみはチャーミングだな」

顔を下にもどしかけたコリーは、シェーンの青い瞳に見たこともない光が宿っていることに気づき、とまどった。あわてて視線を爪に落とし、ブラシでこする。ざっと水で流し、もう一度石鹸を泡立てて、今度は顔を洗いはじめた。すすぎおわると、目をつぶったまま蛇口をしめる。

濡《ぬ》れた手でタオルをさぐっていると、シェーンが手に押しこんでくれた。顔をふき、手もぬぐう。

「きのう、お兄さんから留守番電話にメッセージが入ってたわ。あなたと連絡をとりたいって」

コリーはタオルをわきに放り、置いてある水のグラスに手をのばした。

「でも、もう家で会ったんでしょう？」

「ああ。ごたくを並べられた」

コリーはグラスの水をあおり、体の向きを変えて流しに軽く寄りかかった。シェーンがピッチャーを持っているのを見て、お代わりを求める。

「ごたくって？」

水が入ると、コリーはきき返した。

シェーンはピッチャーをしまいに冷蔵庫に向かった。

「兄貴は、経営学の学位も農業学の学位も持たないこの僕に、共同経営者になれって言うんだ」

振り向いたシェーンの顔からは、さっきのからかうような笑みが消えていた。コリーは言った。

「いい話じゃない」

シェーンは口をへの字に曲げた。

「僕がそんなポストにつくのはおかしいよ。もちろん、ニックのほうが発言権は上さ。だけど、いきなり四十五パーセントの株主になるなんて、それに見合うようなことを僕はなにもしていない。だから、ニックと対等の経営者になるのはおかしいんだ。いっそのこと金を出して持ち分を買うなら、好きなようにもふるまえるけどさ」

コリーは返事をしなかったが、意外とは思わなかった。シェーンが人から指図されるのが大嫌いな性格なのは知っている。昔、父親や兄とよくぶつかっていた。特に、父のジェイクが死んでからは、大学に入る入らないで何度ニックと衝突したことか。大学を中退して自分の夢にこだわったのも、やりたいようにやるという意思表示だったのだろう。

だが、シェーンに牧場を受けつぐ権利がないとは思えない。デイビス家に生まれた自分がデイビス牧場を継いでいるように、メリック家に生まれたシェーンが、メリック牧場を継ぐのはごく自然なことのように思えた。

「奥で座らない？」

コリーは流しに背を向け、廊下に向かって歩きだした。うしろから、シェーンのくすくす笑う声が聞こえてくる。

「そろそろ教えてあげようかな。半ズボンの右のお尻に、ぺたんとさわったみたいな油染みがついてるよ」

コリーは足をとめて振り返った。真面目《まじめ》に言っているのだろうか、それとも嘘《うそ》っぱち？　青い瞳がいたずらっぽく笑っている。

「本当？」

答えるかわりに、シェーンは折りたたんだ新聞紙を差しだした。キッチンを出るとき、テーブルの上から拾いあげてきたらしい。

「これを敷けばいいさ」

コリーは居間に入った。シェーンが布張りの椅子に新聞を広げるのを待ち、そこにどさっとお尻を落とした。着地成功。グラスの水もこぼさなかった。

シェーンは、古ぼけた椅子と対になった布張りの足台に腰かけた。コリーが手に持っているグラスに目をやる。

「よくこぼさないよな。きみのしぐさはほれぼれするね」

シェーンの瞳に、またなにかが宿るのをコリーは見た。気づかないふりをし、疑うように目を細める。

「ちょうつがいのはずれかけた、そこの門とどっこいどっこいよ」

シェーンは少し真面目な顔になった。

「相変わらず素直じゃないな。きみは知らないだろうけど、このあたりの男たちはみんなきみに興味津々なんだぞ」

その言葉に、ショックよりも屈辱を感じる。自分が男性の興味を引くわけがない。軽口を叩《たた》いたつもりだろうが、傷口に塩をぬられたようで傷ついた。

だがコリーはそんなことはおくびにも出さず、受け流した。立つ瀬がないようないまいましい気持ちを払いのけ、背中の三つ編みを手前に引っ張って革のひもをほどく。編むと肩甲骨あたりの長さになるが、コリーの髪は腰まで届く黒髪だった。

「それ以上言ったら、納屋にシャベルをとりに行かせるわよ」

コリーはグラスをわきに置き、編んだ髪をほどきはじめた。

だが、すぐにとまどう。指先にシェーンの視線を感じた。日焼けした顔が真剣な面差しに変わっていた。なぜだか胸がどきどきしてくる。なつかしいような感覚がわきおこり、コリーはあわててそれを抑えこもうとした。

「えらそうに命令するつもりはないんだけど、そこをどいてくれないかしら。ブーツを脱ぐのにその椅子を使いたいの。朝から靴下の継ぎ目があたって気になるのよ」

コリーはふたたび面くらった。シェーンがにやっと笑ったかと思うと、ひょいと手をのばして、コリーの右足をつかんだのだ。こんなことをされるのは初めてだった。コリーはあっけにとられたまま、シェーンがブーツを引っ張って脱がせ、床に置くあいだ、されるがままになっていた。

「すぐにシャワーを浴びたかったんだろう？　邪魔しちゃったかな？」

　整った顔で口のはしを曲げ、笑う。

　呆然《ぼうぜん》としているコリーにかまわず、シェーンはふたたび身を乗りだし、もう片方のブーツにも手をかけた。はだしになった足は、シェーンのかたくひきしまった腿の上にのせられ、くるぶしをしっかりひじで押さえられている。

「きみは汚れることなんてへっちゃらだった。だけど、やっぱり女の子だよ。家に戻るといつもシャワーに直行だったものな」

　シェーンはもう片方のブーツも引きぬき、その足を、さっきの足と並べて腿にのせた。あまりに大胆な姿勢に気づき、コリーはようやくわれに返った。

「ずいぶん親切ね。私の足がそんなに気になる？」

　あわてて両足を引っこめる。シェーンは素直に放した。

「いや別に。いつまできみがこの体勢でいられるかなと思っただけさ。フットマッサージを受けたことある？」

「ないわ。必要ないもの」

　真面目に受けとって損をしたとコリーは思った。別にしとやかぶるつもりはない。だが、なにかがちがう。昔のシェーンは私を相棒か男友だちのようにあつかった。優しくなったのかもしれない。けれど以前は、男と女の雰囲気がちらつくことはなかったし、だいたい、私を女として見ていなかったはず。

　そういえば昔、シェーンがなにか冗談を耳打ちしようとして、私がたまたま振り向き、唇が一瞬触れてしまったことがある。熱いものにでも触れたように二人同時に飛びのいた。それから、おなかの皮がよじれるほど笑ったっけ。だけど、今日はなんだか様子がちがう。

　シェーンの笑顔が消えかかった。瞳の奥の光――見たこともない光を見るうちに、コリーは頬が熱くなってきた。

「きみは気づいていないんだ、コリー」

　シェーンはささやき声で言った。

「この世界には、特別な、すばらしいものがあるということをうまく伝えられたら」

　コリーはどう返事していいのかわからず、さぐるようにシェーンを見た。なにをどう答えればいいのだろう。そんなコリーを見て、シェーンは満足したようだった。表情が明るくなり、楽しそうに笑ったかと思うと、身を乗りだしてコリーの髪をひょいと引っ張った。そして、すぐに体を起こす。

「シャワーを浴びておいでよ、ダーリン。僕はそろそろ帰らなきゃ。あとで電話するね」

　ダーリン？　目が、立ちあがるシェーンの瞳に吸いついてしまって離れない。一拍おいて「ええ」と返事したが、のどに張りついたような声しか出なかった。

　シェーンが向きを変え、大股で廊下を歩き、玄関へ向かうのを目で追いながら、コリーはその場を動くことができなかった。シェーンの姿が視界から消えると、視線は足台に向いた。

　頭が混乱していた。自分がいかに経験にとぼしいか、生まれて初めて思い知らされる。仕事やビジネスや政治の話なら、どんな男性とだって対等に話せる。だが、男女の話にはまるでうとかった。恋愛やセックスについてそれなりに知識はある。けれど、恋がどんなふうにしてはじまるのか、まったく想像できなかった。ましてや自分自身に置きかえて考えることはできない。小さなころから、家畜をかり集めるのも、牧場の仕事をするのも、学校の課題をやるのも、いつも男の子たちと一緒だった。誰も自分に特別な注意は払わなかった。なんでも自分でやったし、男の子たちも、いちいち悲鳴をあげたり尻込みしたりしない自分を仲間としてあつかってくれた。学校でも、男女わけへだてしない先生に気に入られていた。どの科目もよくできたせいかもしれない。クラスの男の子たちは、コリー・デイビスにかぎって誰かに熱をあげたり、恋したりするなんてありえないとたかをくくり、そのせいで仲間として見てくれた。

　だが、ダンスパーティやデートの誘いとなると、高速道路わきの郵便ポストと同じで、無視された。男の子たちがデートに誘うのは、町の子か、まつげをぱちぱちさせて相手に甘えるのが上手な女の子たちだった。化粧をし、ストッキングをはき、丈の短いブラウスとミニスカートでおなかや太腿をちらちら見せている子や、女の武器を利用すれば男の子なんていちころだと生まれつき知っているような子たち。投げ縄を投げたり、馬を乗りまわしたり、腕相撲をいどんだり、釣り針に餌《えさ》をつけたり、狩りをしたりするような、自分みたいな女の子ではなかった。

　ニック・メリックに恋したとき、コリーはそんな町の女の子たちを真似《まね》ようとした。たいして美人でもない子も、アイシャドーで目を大きくし、雑誌を手本に魅力的に変身したりしている。自分にだってできると思ったのだが、間違いだったようだ。

　昔のことを考えながら、コリーは、今の単調な生活に思いをもどした。毎日うんざりするほど同じことの繰り返し。孤独。最近、何度か町に出たが、あちこちで、夫や子どもを連れた昔のクラスメートを見かけた。今どき二十四歳はオールドミスじゃない、と自分に言いきかせる。だが、ときどき自分がみじめに思えた。

そんなとき、シェーン・メリックが帰ってきた。そして……私を口説こうとしたのだろうか？　男性に甘い言葉をささやかれた経験がないから、今ひとつ自信が持てなかった。だが、忘れかけていた興奮が体を駆けめぐっている。

コリーは椅子のひじかけで体重を支えた。無意識に指で唇を押さえる。

シェーンが私を口説く？

刺激のない単調な生活に、わずか数分間の出来事が鮮やかに浮かびあがる。明日にはきっと、この興奮も消えているだろう。けれど今日は……。

今日は一日のリズム――日々の行動パターンが大きく狂ってしまった。みじめな気分は消えている。だが、その理由を信じていいのかわからなかった。ただの思い違いかもしれない。だが、突然の予感に胸が震える。これまで色気のない男まさりの人生を送ってきた私にも、とうとう、ささやかなロマンスのチャンスがめぐってきたのではないだろうか。

自分に恋してくれるかもしれない男性が現れ、自分もその人に恋をする。不可能なことじゃない。私にも恋愛ができるのかもしれない。愛し愛される人が見つかれば、結婚だって、子どもを持つことだって夢じゃない。きっといつか……。

シャワーを浴び、昼食を食べ、雑用に気持ちを集中させながら、コリーの心は、分別と、夢と希望がふくらむ気持ちとのあいだで揺れた。だが結局は、いつものように分別が勝ち、まるで夢のような、うわついた考えは、しだいにしぼんでいった。

2

ニック・メリックには、コリー・デイビスが魔性の女とはどうしても思えなかった。その昔、弟がなぜコリーに魅力を感じたのか、今もって理解できないでいる。高校にはもっと美人で、ずっと垢抜《あかぬ》けした女子生徒がほかにいくらでもいたはずだ。

今だって、ロデオ大会があるたび、ベルトのバックルに群がってくる女の子たちがたくさんいるようだが、みなシェーンの好みのタイプだろう。牧場まで電話をかけてきて、シェーンあての伝言を頼んだ子が二人いた。シェーンが出かけたあとにも一人かかってきている。

行き先はデイビス牧場だろうとニックはにらんでいた。はたから見ても、やけにめかしこんで出ていった。昔のガールフレンドたちはさっさと結婚したり、よそへ越したりしていて、とうにいなくなっているから、行くとしたらコリーのところしかない。それに、きのうの午後、家に帰ってきたシェーンが開口一番話題にしたのはコリーのことだった。ほかの女性の名前は一人も出てきていない。

コリー・デイビスはかつて弟をそそのかした女だ。この数年間ロデオに夢中だったシェーンをどうやってたぶらかしたか知らないが、また弟の人生を狂わせるつもりなら放《ほう》ってはおけない。

コリーの家は小さな牧場だった。父親の死後、その牧場を継いで細々と経営を続けている。そんな女性が、巨大なメリック牧場の複雑な経営や需要についてわかるはずはない。ましてや、メリック家の株についても知識はないはずだ。

シェーンは相変わらず反抗的で、自由に生きたいなどと言って、メリック牧場に腰を落ち着けることを頑固に拒んでいる。コリーが一国一城の主《あるじ》であることも、シェーンの目には魅力として映っているのだろう。しがない三流牧場でも牧場主として独立していることが、ある意味、シェーンの野心に火をつけたにちがいない。ちっぽけな牧場で二分の一オーナーにでもなるつもりか。

たしかに、立場を逆にすればシェーンの気持ちもわからないではなかった。最終的な権限は兄にあり、自分はいつまでたっても二番手に甘んじるだけ。僕が弟だったら、やはり、メリック家の資産に背を向け、自分の力を試してみたいと思うだろう。

だが、僕は立場がちがう。メリック家の歴史と伝統を守り、父に顔向けできるように、シェーンをこの家に引きもどす責任がある。家に対する義務は好きとか嫌いとかの次元の問題ではない。だがシェーンは、自分に与えられた役目をはたすことを時代遅れだと考えている。

父は、ロデオで有名になると息まくシェーンを、あいつは性格に問題があると切りすてた。その考えには賛成しかねるが、弟が父の期待にそい、父から一人前だと認められるようになることを常に願ってきた。父が死んだ今も、その思いは変わらない。

そうは思いたくなかったが、シェーンが義務を放棄するのは、兄である自分がきちんと価値観を教えなかったからではないだろうか。この数年、シェーンを監督するのは、父よりも自分の役目だった。

シェーンを説得できるのはこれが最後のチャンスだと、ニックにはわかっていた。やむをえなければ、またコリー・デイビスを遠ざけるしかない。前回はこちらの言い分を理解し、すんなり身を引いてくれた。シェーンの軌道を修正するまでにはいたらなかったが、コリーとの結婚は阻止することができた。

もっとも六年前のあのとき、シェーンは寝てもさめてもロデオに夢中だったから、コリーも、車で全国のモーテルを転々とするのはごめんだと思ったのかもしれない。

　年老いた父親の健康状態が悪化していたことも一因だろう。ロデオにとりつかれた夫を持ったら、家をあけなければならない。そのことに不安を持ったとも考えられる。だが今やシェーンはロデオに区切りをつけた以上、コリー・デイビスの存在がふたたび厄介なものとして浮かびあがってくる。

　問題は、コリーが弟に対してどんな感情を持っているかではなく、弟が彼女のどこにそこまで惹《ひ》かれるのかだ。それがわかれば、打つ手も考えられるだろう。コリーの影響さえなくなれば、シェーンは早晩メリック家にもどってくるはずだ。

　あれこれ考えをめぐらせていると、シェーンが帰ってきたらしく、裏のテラスで家政婦を呼ぶ声が聞こえた。シェーンが家にいるうちに、デイビス牧場に乗りこむか、とニックは思った。手遅れになる前に、シェーンから離れるようコリーを説きふせるべきだ。

　使っていたプログラムをとじてコンピューターを終了させ、携帯電話をつかんでキッチンへ行く。シェーンの姿はなかった。ニックは裏口の扉をあけ、トラックに向かった。

　デイビス牧場に着くまで二十分ほどかかる。ニックは、話の持っていき方をゆっくり考えた。そうしているうちに、ずいぶん身勝手なもの言いに聞こえるだろうとも思えてきた。感情の起伏の激しい女性ではないはずだが、コリー・デイビスにもプライドはあるだろう。

　小さいながらも自分の牧場を四年間守ってきたのだ。ろくに話したこともない隣の牧場主がプライベートなことになぜ口をはさむのだと不快感をあらわにするかもしれない。

六年前は、問題外だというこちらの言い分に反論しなかったが、今回も同じようにうまくいくとはかぎらない。ニックは細部に気をつかう人間ではなかった。無骨で、能率を重視し、細かいことにこだわらない。けれど、今度だけは緻密《ちみつ》に行動しないとコリーを説得することはできないように思えた。

家まで行けば、自分が常に目を光らせているのを相手に知らせることにもなる。おそらく僕の顔を見たとたん、彼女は、かつて弟との結婚を猛反対されたことを思いだすはずだ。同じ用件で来たことを敏感に察知するかもしれない。わからないようだったら、ずばり言うしかない。

幹線道路からデイビス牧場に入る道を曲がる。あと一・五キロほどだ。坂道をのぼっていくと、中ぶりの家と離れ屋が見えてきた。ニックの目は、家の裏手の花壇で前かがみになっている、ほっそりした女性にとまった。

すぐにコリーだとわかった。だが、いつもなら編んである髪が、今日はつややかなマントのように広がり、花の上にさらさらと流れおちている。コリーは体を起こし、美しい長い髪をさっとうしろに払った。そしてすぐまた腰を折り、花の根元にバケツの水をまきはじめた。

ニックがトラックのエンジンを切る前に、コリーは空になったバケツを持ったまま顔をあげた。表情は読みとれない。驚いただろうか。車の音は聞こえていただろうから、身がまえる時間はあったはずだ。

トラックからおり、緑というよりは茶に近い芝生に足を踏みだしながら、ニックの目はまたコリーの美しい髪に吸いよせられた。そのまま下に引っ張られるように、視線が全身をなぞる。

コリーとはめったに顔を合わせず、いつも遠くから姿をちらりと見かける程度だった。今日の彼女は、縮んで小さくなった、よれよれの白のTシャツに、カットオフ・ジーンズをはき、なめらかな脚をむきだしにしている。ニックはどきりとした。素足だ。作業着姿しか見たことがなかったので、太腿もあらわな服装に、一瞬どきりとする。

ついさっきまでシェーンがいた証拠か？　髪を長くおろしているのも、その髪が洗いざらしのように見えるのも、あんな服装をしているのも、そのせいだろうか？　いつもはもっと堅実な格好なのに、今日は明らかに挑発的だ。だが、健康的でもある。健康的で、しかも最高に魅力的だった。

まさかニック・メリックが現れるとは夢にも思っていなかった。しかもこんなに唐突に。コリーは体をかたくした。シャワーを浴びたあと、Tシャツとカットオフ・ジーンズに着替えたのだが、もっとまともな服を身につけるんだったとひどく後悔する。夕方近くなって、忘れないうちに花壇に水をやろうと外に出ただけで、まさか人が訪ねてくるとは思いもしなかった。

大股で近づいてくるニックの、無遠慮に全身をながめまわす男の視線を感じながら、平静をつくろう。その昔、ニック・メリックのそばに行っても顔色ひとつ変えないすべを身につけたが、太腿を男性の目に、ましてやニックの目にさらすのは初めてだったので、動揺を隠せない。

ニックは上から下までしげしげながめまわし、少しとまどったような顔をしてから、また視線を走らせた。コリーはその視線から逃れることをあきらめ、頭の中で兄と弟の比較をはじめた。

シェーンのほうがハンサムな気がするが、二人とも顔立ちや目の色などがよく似ていた。しかし、八歳の年の差が違いをくっきり示している。シェーンは甘いマスクで少年っぽい雰囲気。兄のニックは、照りつける日差しや厳しい天候とたたかってきたせいか、険しく、人を寄せつけないような空気を持っていた。同時に、人を惹きつけるなにかも。

眼光鋭いまなざしに、それを際立たせる黒髪と黒い眉。シェーンの目はクールな青だ。背の高さはどちらも百八十センチ以上。シェーンは荒馬乗りの世界チャンピオンになるほどだから筋骨隆々としているが、ニックもそれを上まわるほどのがっしりした体つきだった。

だがニックには、シェーンがときおり見せるようなカウボーイ風はない。シェーンはこうと決めたら引かないほうで、自分の力を誇示したがる人間にありがちな、自信過剰なところがある。

その点、ニックはすでに、自分の力をまわりに証明していた。父親が乗馬中の事故で車椅子生活を余儀なくされてからは、メリック牧場の経営を継ぐために大学を中退し、やがてマネージャーに業務をまかせられるようになると、今度は全エネルギーをそそぎこんで、メリック家が所有するテキサスの広大な土地を管理してきた。

だからこんな険しい顔の、生皮のむちみたいに強情そうな、近寄りがたい雰囲気の持ち主になってしまったのかもしれない。まるで権威を身にまとって生まれてきたような顔をしている。実際そうなのだが、責任のない立場など自分とは縁がないと思っているようだ。生まれたときからそう決まっていて、人の上に立つことが運命なのかもしれない。

最善を尽くし、相手にも同じことを期待する。ニックはそんな人物だった。きっと伴侶《はんりょ》も最高の女性を選ぶにちがいない。美人で、洗練されていて、資産を持ち、メリック家に引けをとらない家柄の女性を。

私は十八のとき、そういう世界からはじきだされた。もちろん、今でも縁がない。だから、私のような女がニック・メリックの花嫁候補にあがることはありえない。納屋の屋根からジャンプして、一足飛びにサンアントニオまで飛んでいくぐらい非現実的だ。

そんなみじめな現実がわかっていても、ニックがそばに近づくと胸が震えたものだった。そして今、目と鼻の先にいるニックを見て、その胸の震えがわきおこる。ニックが立ちどまった。片手で帽子のふちをつまむカウボーイ流のあいさつを受けたとき、コリーは動揺し、指の先まで熱くなった。

青い瞳が警戒するように自分を見ていた。黒々とした軽やかなまつげ。昔、ガールフレンドたちがよく、必死でこういうまつげにしようとしていたような気がする。近づいていくと、相手の視線が肩から胸におりかけ、あわててまた上にあがった。その目は興味などないと言っているようだった。ニックはなんとはなしに好感を持った。コリー・デイビスには昔からセクシーな色気も、男性に媚《こび》を売るようなところもなかったが、どうやら変わっていないらしい。

コリーのすぐ前で立ちどまったニックは、今まで平凡な顔だと思っていたことに驚きを持った。チャームポイントがあるとしたら、しいて言えば青い瞳ぐらいだろうと思っていたのだが、よく見ると、ほかにもチャーミングなところはある。軽く日焼けした、つやのある肌。バランスよくまとまって、すっきりと美しい目鼻立ち。ふっくらとした唇ははかなげでもあり、魅力的だった。

昔シェーンの目に映っていたものはこれだったのか。いつのまに大きく花開いたのだろう。ニックはそのとき直感した。この愛らしい娘との仲を引きさいたら、弟は僕を一生恨むだろう……。自分もふくめ、テキサスの男たちは今までどこを見ていたのだろうか？

　ニックは軽く会釈し、話しかけた。「ミス・デイビス」やけに重々しい声になってしまい、内心驚く。

　コリーは黙って会釈だけを返した。急いで警戒の色を隠す。

「シェーンをおさがしなら、ずいぶん前に帰りました。三時間ぐらい前かしら」

「シェーンとはあとで会う」

　花のひとつでもほめるべきか、とニックは今さらながら思った。わざとらしくない言葉をさがして花壇に視線を落とす。コリーの素足が目に入り、〝すらりとした〟というような言葉ぐらいしか頭に浮かんでこなかった。

「きれいな花だな、ミス・デイビス」

　ニックはやっとのことで目をあげ、コリーの顔を見た。

　〝花〟という言葉に別の意味もこめたニックは、少し口ごもりながらそう言ったのだった。

　ニックは笑顔を浮かべながら、ブリキのバケツをあごで指した。

「手伝おうか？」

　女性にはあたりまえの気づかいだ。自立していて、なんでも一人でこなすコリー・デイビスは、男性からそんな言葉をかけてもらったことがないかもしれない。けれど、彼女もやはり女性だ。まんざら悪い気はしていないのが表情からわかる。それでもきっと断るだろう、とニックは思った。

「ありがとう。でも、もうこれでおしまいだから」

　しばらく沈黙が流れ、気まずい雰囲気に包まれた。ニックはあえてなにも言わなかった。少し顔色をうかがわせてやろう。そのほうが、こちらの立場を優位に置ける。

　だが、そうやってしばらくコリーをながめているうちに、ニックは考えを変えはじめた。悪いのは、コリーではなくて弟のほうなのではないだろうか？

この娘になにができる？　うわついたところもなく、よく働き、実直で……。

　そんな印象がよぎるのを意識しながら、ニックは心の中で、コリーの容姿にまどわされたわけではないと首を振った。ここに来た目的を思いだせ。その理由も。

　コリー・デイビスはたしかに堅実で働き者で正直かもしれない。だが、この娘のせいで弟は道をあやまろうとしている。見た目にまどわされてはいけない。

　コリーと結婚すれば、シェーンは彼女の牧場を思うようにできる。将来別の牧場を買うつもりかもしれない。このところ、なにがなんでも独立したいと考えているようだが、その願いにはずみがつくだろう。たしか、近々小さな牧場が一つ売りに出されるはずだ。シェーンはきっと飛びつくにちがいない。三年分の優勝賞金をはたき、自らローン地獄に飛びこむつもりか。

　だが、自分もシェーンの年だったら同じことをやったかもしれない、とニックは思った。そうすれば、メリック牧場を経営するという、リスクの高い難業とは一生縁のない生活を送れていただろうか。弟にそれなりの男気があり、誰の力も頼らず、自分の稼いだ金でやっていく覚悟なら、それはそれでメリック家の血が流れていることをりっぱに証明することになるだろう。

　シェーンがこれまで学んだ牧場経営の腕が試されることになる。全身全霊をかけなければできる仕事ではない。コリー・デイビスは、実務的にも精神面でも支えてくれる女性だろう。目の前のこの女性がそばにいてくれたら、大きな喜びも得られるにちがいない。

　突然、ニックの頭にある考えが浮かんだ。戦略だ。コリーの意外な女らしさに感化されたといえるだろう。

コリーを懐柔できないだろうか？

まず、弟との関係がどうなっているのか確かめる必要がある。それには、二人を一緒の部屋で会わせ、この目で観察するのが早道だ。ニックは即断した。威圧的な態度を引っこめ、表情をやわらげる。最初からこうしておけばよかった。

「シェーンを驚かそうと思って、今夜きみを夕食に招待することにした。急な話だから、明日の夜でもいいんだが。今日は日中仕事で出てまわっていたので、ラフな服装で勘弁してほしい。くだけた夕食になるがかまわないかな？ 正式なものはまた別の機会にということで」

嘘《うそ》がすらすらと口をついて出ることにわれながら驚く。今日は一日、家の中でデスクワークをしていただけだ。だが、コリーに牧場へ来ることを躊躇《ちゅうちょ》させないのが肝心だった。たいていの人間は、メリック牧場と聞いただけで萎縮《いしゅく》する。コリーもそういった人たちと同様、上流家庭に慣れていない。今までメリック家に来たことはないが、シェーンがたびたび夕食に誘っていたから、みなが正装することを知っているだろう。もっとも、ドレスは持っていなさそうだが。

コリーはかすかに頬を上気させた。だが、その目に、驚きと好奇心が同時に浮かぶのをニックは見逃さなかった。コリーは、そっと言った。

「誘ってくださってどうもありがとう、ミスター・メリック。でも……本当にいいのかしら？」

〝私のことが嫌いだったのでは？〟と問うような声に、ニックは微笑《ほほえ》みで応《こた》えた。

「時間がたてば、人の気持ちも変わる。きみはシェーンの友人だし、僕たちはずっと隣人同士だった。少しつきあいを深めてもいいだろう……コリー。僕のこともニックと呼んでくれていい」

コリーが疑わしげに目を細めたので、ニックは少しわざとらしかったかと案じた。だが、コリーは、隣人という言葉が気に入ったらしく、すぐに返事をした。

「喜んでうかがいます。何時に行けばいいかしら？」

「わが家では、ゲストはだいたい七時ごろに来るのが定番だな」

「では七時に」

ニックは帽子のへりを指でつまんだ。

「それじゃあ、待っている」

3

ニックがトラックに向かいだすと、コリーは急いで家の裏にまわった。裏口にバケツを放《ほう》り投げ、キッチンを走りぬけて、大急ぎで表に面した窓に駆けよる。

〝時間がたてば、人の気持ちも変わる〟

頭の中で、さっきの耳を疑うような言葉がこだましていた。ニックは運転席のドアをあけ、トラックに乗りこんでいる。ほんの数分間に起きた事柄が信じられなかった。ニック・メリックが私を夕食に誘った？

そして私はその招待を受けた！　なぜオーケーしてしまったのだろう？　シェーンのためよ。コリーはあわてて思った。あまり深く考えるのはよそう。ニックのトラックが方向転換し、敷地から出ていくのを目で追いながら、コリーは胸の鼓動を静めようとした。

　さっきはシェーンで、今度はニック。二人ともなんだか様子がちがっていた。天から降ってわいたようなことばかりだ。

〝シェーンを驚かそうと思って、今夜きみを夕食に招待することにした〟

　私たちのつきあいを認めるなんて、シェーンがなにか言ったのだろうか？　私を受け入れ、シェーンの気持ちも認めたということ？　もっとも、私とシェーンはただの友だちでしかない。今まではそうだったはずだ。けれど、さっきのシェーンのふるまいと言葉はなに？　ただの友だちにしてはなにかちがっている。

　ただでさえシェーンの訪問で頭は混乱し、心もかき乱されていたのに、さらにその三時間後、もっと大きな混乱が生まれるとは夢にも思っていなかった。雑多な用事を終わらせてしまい、大急ぎで二階にあがると、コリーはクローゼットをあさり、六年前に買ったものを引っ張りだしてみた。

〝くだけた〟夕食に着ていくにはなんだか仰々しいものばかりだ。かえってほっとする。こんな服、とても人前に着て出られない。ただの牧場の娘が、二時間でレディに変身し、社交界デビューしようだなんて、もともと無理な話なのだ。借りものの衣装を着たようになるのが関の山だった。それでも念のため袖《そで》を通してみる。これもだめ、あれもだめとわきによけた。

　少しあせり、やけになって、持っている服をかたっぱしから着てみた。といっても、ほとんどが作業着だ。ジーンズよりはましで、候補としてクローゼットのドアにぶらさげた黄色のサンドドレスほどかしこまっていないもの……。デニムのスカートが思い浮かぶ。いや、スカートは却下だ。

　奥のほうにしまいこんでいた白のジーンズとパステルピンクのシンプルなブラウスならどうだろう。適度にくだけていて気どりすぎないし、まるっきり〝男っぽい〟感じでもない。少しフェミニンな印象になれるかもしれない。もっとも相手には、普段のシャツとジーンズで来たようにしか思われないかもしれないが。

　このジーンズは一度はいたきりだった。タイトで動きにくいからあまり好きではなかったのだ。ピンクのブラウスは飾り気のないデザインで、仕立てはいい。長い袖を注意ぶかく折り返してみる。ああでもないこうでもないとしているうちに、金のバックルがついたシンプルなベルトがあったことを思いだし、合わせることにした。

　昔買ったアクセサリーはどれもまがいものばかりだったが、金のネックレスと金のイヤリングなら多少は華やかな感じが出るだろう。

　耳にピアスの穴をあければよかったと突拍子もないことを考えながら鏡をながめているうちに、コリーは何年か前に化粧品を全部捨ててしまったのを思いだした。今さら町まで買いに行く時間はない。舌打ちし、とりあえず髪だけでもとブラシでとかす。サイドの髪を少し後ろに引っ張ってバレッタでとめ、残りは長く垂らすことにした。唇をこすりあわせ、頬はつねって赤くし、鏡をのぞきこむ。なんとかこれでいけるだろうか。

　一度もおろしていない茶色い革のサンダルの箱を見つけ、はいてみる。クローゼットのフックに茶色の革のハンドバッグがぶらさがっていた。サンダルと同じ、ごくシンプルなデザインの、ずっと棚に放りこんであったバッグだ。中の詰め物をとりだし、ドレッサーの前に放り投げてブラシと財布を入れる。

留め金をとめて肩にかけ、鏡の前に立って最後の点検をした。

　これでよしとしよう。気がつくともう二時間もたっていた。コリーは唖然《あぜん》とした。いつもなら髪をざっととかして適当に三つ編みにまとめ、服をはおって、ブーツに足をつっこんで支度完了。ものの数分で終わるのに。普段よりちょっとだけおしゃれをした自分にいくぶん満足感をおぼえる。ちょっとだけじゃない。何倍もだ。

　男性目当てみたい。

　コリーはぎょっとした。恋人さがしにやっきになっているなんて死んでも思われたくない。

　がっくりして肩からバッグをおろし、ドレッサーの上に置く。イヤリングもはずして、それをほんの数個アクセサリーが入った古いたばこ入れに放り投げようとしたとき、プライドが頭をもたげた。

　私は毎日必死に働いている。へとへとになるぐらい。これまで男性に色目を使ったことは一度もないし、しつこくせまったこともない。これからだって、そんなことをするつもりはない。関心を引こうとしたおぼえもないし、あったとしても、なんらかの必要があったからだ。キスの経験だってなかった。たった一度、ほんの偶然してしまったキス以外に。

　鏡に映った瞳に怒りがたぎりはじめた。なにを着ようが私は女。恋愛の経験があろうとなかろうと、女であることも、現在二十四歳であることも、まぎれもない事実だ。

　ピンクの服を着て、アクセサリーを身につけ、ハンドバッグを持ってどこが悪いの？　どうこう言われる筋合いはないし、笑いものになるようなこともしていない。化粧だって好きなだけしていいはずだ。

　せっかくの機会なのだから、いつもより女らしい格好をし、女性らしくふるまったっていいではないか。男の人によく見られたいと思うことは自然じゃないの？　体も心も女なのだ。それを表現するのはごく当然なこと。しかも、ついに私にも恋のチャンスがおとずれ、少し変身してみたいという心境になったばかりなのだから。

こういったおしゃれは、普通みんな高校生のころにめざめるのだろう。その点、私はずいぶん奥手かもしれない。けれど今からだって遅くはない。男の人と恋をして結婚し、家庭を持つことも不可能ではないはず。コリーにとって家族と呼べるのは、冷たくて無愛想な、祖父といってもいいほど年の離れた父親だけだった。娘に関心を持たなかった父。たまに話すことといったら、牧場と市場と天気のことぐらいだった。

いつか自分の家族を持つことが、コリーの一番の夢だった。けれど、その願いはいつも心の片隅に追いやっていた。手の届かないものをほしがってもしようがないのだから。

もう時間がない。コリーは簡単に身づくろいをした。兄弟どちらかの気を引こうとしているなどと勘ぐられない程度にしよう。もっとも、普段とたいして変わらないようにしか見えないかもしれないが。

あの人たちが私を見て、たとえばもし、男性の目を意識していると思ったとしても、それがそんなにいけないことだろうか？　他人に迷惑をかけるというの？　このテキサスに住む三十五歳以下の独身女性なら誰でも、一度や二度はメリック兄弟の気を引こうとした経験があるはずだ。テキサス以外にもいるかもしれない。三十五歳以上の女性も入れたら、その数はもっと増えるだろう。

少し気が楽になったコリーは、もう一度イヤリングをつけて髪に指を走らせると、ハンドバッグをつかんで階段をおりていった。

メリック牧場に近づくにつれ、コリーの緊張は息が苦しくなるほどの興奮に変わりはじめた。やがて、思いもよらない問いが浮かび、ぎょっとする……。私は、兄と弟のどちらに会うことに興奮しているの？

トラックのスピードを落とし、幹線道路からメリック牧場に向かう道に入りながら、コリーはあわててその問いに答えようとした。兄なのか弟なのか？　口説き文句をささやき、もしかしたらこの人が、あるいは世の中の男性が、私に恋をする可能性があるのかもしれないと淡い期待を持たせてくれた、気心知れた弟のシェーン？

それとも、今日の午後突然現れて私を夕食に招待した、手の届かない人だとわかっている兄のほう？

角を曲がりきり、アクセルを踏みこむ。自分でも答えがわからなかった。ただ堂々めぐりを繰り返す……。

私を抱きしめ、ブーツを脱がせてくれたシェーン。彼の前に出たらこの胸の鼓動はさらに増すのだろうか？　シェーンは友だちではなく女として私を見ていた……。青い瞳をいたずらっぽく輝かせ、男たちはみなきみに興味津々だなどと言った、幼なじみの友人。

それとも、そばに近寄るだけで脚が震え、動悸《どうき》が激しくなり、まるで十八の小娘になってしまうことを……指一本触れられなくたってそんなふうになってしまうことなどつゆ知らない兄？　たぶん彼はそういう事実を気にしたこともないだろう。

思いもよらない展開だった。気持ちが兄と弟のあいだを振り子のように揺れ、ますます動揺してくる。そのとき、コリーははっとわれに返った。勝手に先走って、ばかみたい。

本当は恋人さがしにやっきになっているんじゃないの？　誰でもいいのだ。だから、こんなふうにひとりで空まわりしている。シェーンがからかっただけだとしたら？　それなのに勝手に勘違いしたのかもしれないと思うと、急にみじめな気持ちになった。

ニックにはずっと思いを寄せていたが、とうの昔にあきらめていた。二十四年間、声をかけられたことは一度もないのに、夕食に誘われたなんて。青天の霹靂《へきれき》に舞いあがり、ピンクのブラウスを着てイヤリングまでつけ、とうとうこの姿を彼に見せられると、いそいそ出かけてきたわけだ。

コリーは恥ずかしさにいたたまれなくなった。自分のおめでたさがどうしようもなくいやだ。みっともない。

そのとき、玄関先に立っているニック・メリックの姿が目に入った。こちらに気づいている。もっと早くUターンすればよかった。そうすれば、口実なんかいくらでもさがして、今夜の約束をキャンセルできたのに。

ニックはじっと動かない。おんぼろトラックが土けむりをあげてやってくるのを、ずっと見ていたのだろう。もう逃げられなかった。

まぬけで、勘違いもいいところ。女らしい格好で男性の目を引こうなんて救いようもない。ばかげた幻想にのぼせあがり、過剰に反応して何時間もあたふたし、これからその男性二人に会って、死ぬほど恥ずかしい思いをしようとしているなんて。

プライドは粉々だった。三十分前までは〝選ばれた〟と有頂天になっていたのに、そんな気持ちはもはやかけらもない。それでもコリーは精いっぱい見《み》栄《え》を張り、できるだけエレガントに見えるよう、土ぼこりだらけの座席に敷いていた汚れよけのブランケットのしわをきっちりのばしながら、二十四年間乗っているピックアップ・トラックからおりた。

あごをあげて進むプライドも残っていなかったが、玄関の方に足を踏みだす。コリーは意地で、特別な服を着てきたわけではない、ハンサムな男性たちとの夕食もあまり興味ないといった顔で進んでいった。

この夜さえ乗りきればいい。明日になったら、ひらひらした服をかき集め、かたっぱしから燃やしてしまおう。もう二度と同じあやまちはおかさない。恥をかくような真似《まね》は金輪際ごめんだ。屈辱感を味わうくらいなら、一生ひとりきりでもかまわない。哀れんだ目で見られるよりは、そのほうがよっぽどましだ。

動揺する胸のうちを抑え、それを見透かされないよう無理に笑顔を作りながら、コリーはようやくニック・メリックの黒い瞳を見上げた。だが視線は合わなかった。ニックは、今日家に来たときと同じように、コリーの全身をしげしげとながめまわしていたのだ。

頭のてっぺんからつま先まで、痛いほど熱くなる。軽蔑《けいべつ》した顔をされるのか、称賛の色が浮かぶのか。コリーは身がまえた。だが、ニックが視線をあげ、真っ黒といっていい瞳で見つめられたとき、コリーの息はとまった。強い光に射すくめられ、体の力が抜けてしまう。

ニックの瞳には、軽蔑でも称賛でもない、別のなにかがあった。今日、シェーンの目にあったのとよく似たなにかだ。だがシェーンのときとちがい、コリーは息が苦しくなり、見つめられた場所が温かくなるような感覚にとらわれた。

低く落ち着いた声の響きを聞くと、コリーはさらに、夢うつつのような温かい感覚に包まれるのを感じた。

「やあ、ミス・コリー。よく来てくれた」

コリーはそっけなくうなずいた。「ご招待どうも」

ぶっきらぼうな返事になってしまった。無作法と思われただろうか。不愉快に思っただろうか。ニックの表情からはわからない。うながされて大きな屋敷の中に足を踏み入れながら、コリーはすぐうしろにいるニックを意識しないよう、わざとまわりを見まわした。

　何年にもわたって増築が繰り返されてきた、二階建てのヴィクトリア様式の建物は目を見張るものだった。中は広々としていて、大きな空間が広がっている。玄関ホールの床は磨きあげられた濃い色のオーク材で、中央に、重々しく〝メリック〟と黒いロゴが入った赤茶色のじゅうたんが敷いてあった。カーブを描いて二階にのびる大きな階段もじゅうたん敷きで、横の漆喰《しっくい》の壁にはメリック家代々の肖像画が三枚、間隔をあけて飾られている。ホールにも、目の高さに肖像画が四枚あった。

　玄関を入った右手には凝ったデザインの額にふちどられた鏡があり、テーブルが置いてあった。鏡に映った自分が目を丸くしていることに気づき、ぎょっとする。玄関に入っただけで口をぽかんとあけて見とれているなんて、田舎者もいいところだ。

　ニックはそこから先に立って歩きだし、応接室や書斎の前を通って左手に進みはじめた。ちらっと見えたが、どちらの部屋にも柔らかそうなじゅうたんが敷かれ、深い琥珀《こはく》色の布で飾られた優雅な木製の家具や油絵がある。まるで高級インテリア雑誌から抜けでたようだ。コリーは、バレエの舞台に泥だらけの作業ブーツで来てしまったような、場違いな感覚に襲われた。そして、本当に心から、来るんじゃなかったと後悔した。

　ニックに案内されたのは広い居間だった。天井までとどく窓があって、大きなガラスが何枚もはまっている。窓と窓のあいだはフレンチドアになっていて、テラスに続いていた。広い中庭とプールが見える。昔シェーンに泳ぎに来いよと何度も誘われたから、プールがあるのは知っていた。もちろん入ったことはない。

　シェーンの父ジェイク・メリックは、いつ会っても機嫌の悪そうないかめしい顔をしていて、コリーは苦手だった。後年、車椅子生活になってからは、偏屈さに拍車がかかった。シェーンがなにかにつけこの父親に反抗するので、とばっちりを受けて逆鱗《げきりん》に触れないようコリーは用心したものだ。それには近づかないのが一番だった。

　コリーの父も、ジェイク・メリックのことはめったに話題にせず、メリック牧場とのつきあいも避けていた。シェーンとのことは大目に見ていたようで〝メリックの息子〟と呼んでは、あの〝金持ちのぼうや〟にだまされて泣きを見るなよと忠告された。

　父が正しかったのかもしれない、とコリーは思った。けれど、たとえ今夜そういう事態になったとしても、シェーンのせいではない。自分が悪いのだ。通された居間が、屋敷のほかの部屋のようにかしこまっていないのがせめてもの救いだった。

　ニックは、大きなガラス張りの壁の前にいくつも並んでいる革のソファを指さした。

「あの辺に腰かけてくれ。シェーンのロデオの勇姿を写したビデオをさがしておいたよ。もう見てるかな」

　コリーが大きなソファのところに行き、端の方に腰をおろすと、家政婦が勢いよく入ってきて、ニックの隣で立ちどまった。

「紹介しよう。ミス・ルイーズ、こちらはミス・コリー。ミス・コリー、ミス・ルイーズだ。テキサス一の名コックだよ」

　コリーは笑顔を作り、家政婦とあいさつをかわした。

　ニックが尋ねた。

「なにか飲むかい？　なんでもある。ルイーズに言えばいい。カクテルなら僕が作ろう。ワインもあったよな、ルイーズ？」

　ニックは振り返り、家政婦がうなずくのを確認した。

コリーはとっさになにもいらないと断ろうとしたが、無作法になってはいけないと、その言葉をのみこんだ。形式的なものかもしれない。ニックがなにも飲まないなら、私もいらないと言おう。相手がどうするかをきき、それから答えるのが作法のような気がした。

「あなたはなにを飲むの？」

そう言いながらコリーは、自分がしきりに手のひらを白のジーンズにこすりつけていることに気がついた。はっとして指を握りしめ、手の動きをとめる。

「僕はカクテルを作るよ。きみもそうする？」

お酒は一滴も口にしたことがないし、飲みたいと思ったこともない。今もほしくはなかったが、コリーはうなずいた。

「同じものを」

一瞬、ニックの黒い瞳が輝いた。なんだろう？　おもしろがっているの？　お酒を飲んだことがないのを見抜かれたのだろうか？　彼みたいな人にとってはごく普通の大人のたしなみに、私がうといことぐらい、ニックならすぐわかるだろう。アルコールもその一つだった。

ミス・ルイーズが部屋をさがると、ニックは隅の棚に寄って扉をあけた。まるで酒屋のショーケースだった。ずらりと並んだ酒の瓶を見て、コリーは、その点に関して聞いたことがないと思いあたった。メリック兄弟は大酒飲みだろうか？　そうでないことを願いたい。

ビールパーティの話なら、前にシェーンから一、二度聞いたことがある。このあたりではよくある高校生のパーティだ。父は、キッチンの戸棚にウイスキーの瓶を置いていたが、封をあけたことはなかった。

上の段にはクリスタルのグラスがのぞいていた。コリーが観察していると、ニックは大ぶりのタンブラーを二つとりだし、並べて置いた。銀の氷入れのふたをあけ、対の銀のトングでタンブラーに氷を入れる。そして、ウオッカと書いてあるボトルをとり、二つのタンブラーにそそいだ。次に下の棚をあける。そこは小さな冷蔵庫になっていた。オレンジジュースが入っているピッチャーを出し、果肉まじりのジュースをスティックでさっとまぜ、それをウオッカの上からタンブラーにそそぎ入れた。

　ずいぶん手間暇かかる作業だ。ニックはそれをルイーズにまかせず、自分でやっている。父もこういうことには決して手を抜かなかっただろう。コリーは親しみをおぼえた。

　オレンジジュースは好きだから飲めるかもしれない。だが気をつけないと、ウオッカが入っている。ときどきすする真似だけしていれば、なんとかごまかせるだろうか。

　シェーンはどこにいるのだろう？　シェーンがいればもっとリラックスできるのに。だが、来た早々居場所を尋ねるのも気が引けた。まるで、彼に会いたくてしょうがないと言っているみたいに聞こえそうだ。

　ニックが二つのタンブラーを持って近づいてきた。片方を差しだしながら、ソファのはしに座っているコリーのすぐ近くに腰をおろす。

「どうもありがとう」コリーはかすかな声で礼を言いながら微笑《ほほえ》んでみせた。口をつけずにそのままタンブラーを膝の上に置く。ジーンズに輪染みがつかないように、タンブラーの底に小指をそっとそえた。

「シェーンもすぐ来ると思う」

　ニックはソファにゆったりと身を沈め、飲みものを口にふくんだ。今日の午後、家に来たときと同じ服だ。ラフな服装でと言っていたが、本当にそのとおりだった。それからコリーは、ニックのシンプルな白いシャツの袖が、自分と同じように折ってあることに気がついた。がっくりする。袖を折り返して着るのは、男っぽいしぐさなのだろうか。そんなこと、全然知らなかった。

目をあげると、ニックと視線がぶつかった。黒い瞳に宿る輝きを見たとき、コリーの胸は波立った。白いシャツが、たくましく日に焼けた肌と黒い髪に映え、彼をいっそう精悍《せいかん》に見せている。思わず見とれる。はっと気がつくと、ニックに話しかけられていた。

「ビデオでも見ていようか？　それとも、シェーンの解説つきじゃないといやかな」

コリーが答えようとしたとき、サイドテーブルの上にある電話が鳴った。だがニックはとろうとしない。コリーはとまどった。電話はまた鳴り、三度目で切れた。

コリーの心を読みとったように、ニックが口をひらいた。

「シェーンはルイーズに、コールターシティに行くと言って出かけたそうだ。六時には戻るはずなんだが。急いでこっちへ向かっているところかもしれない。今の電話もシェーンかもしれないな」

ああ、シェーンであってほしい。もうすぐ着くからという電話だったら！　コリーが思いをめぐらせていると、家政婦が部屋に入ってきた。

「だんなさま？」

戸口に現れたルイーズに、ニックが顔を向けた。

「シェーンさまからでした。夕食をお待ちですよと申しあげたんですが、町で足どめをくっているとかで、帰りが遅くなるとおっしゃいました。お客さまがおいでになっていることもお伝えしようとしたんですが、電話が切れてしまいまして」

「どこにいると言っていた？」

「なにもおっしゃいませんでした」

ニックが礼を言うと、ルイーズはせかせかと部屋を出ていった。コリーはすくみあがった。シェーンが帰ってこない？　ニック・メリックと二人きりでどんな話をしろっていうの？　こうなることが少しでもわかっていたら、今夜絶対ここには来なかった。今さらもう逃げられない。コリーの頭の中では、この先予想される悲惨な状況が渦をまきだした。

4

ニックは顔色一つ変えず、リラックスしきった様子でコリーを見た。別に二人きりでもかまわないと言いたげだ。

「せっかくシェーンを驚かせようと思ったのに」

そういえば自分が今夜ここによばれたのはそのためだったと、コリーは思いだした。

「こういうことは往々にして裏目に出るものだな。まあ、今回は文句も言えないか。向こうの部屋に移らないかい？」

コリーは緊張したまま微笑《ほほえ》み、うなずいた。笑顔がひきつっているのが自分でもわかる。

〝今回は文句も言えないか〟うわべをとりつくろう

言葉にも聞こえたが、気まずい思いをさせまいとする心づかいにも思えた。ニックにはそういうところがあり、コリーは好ましさをおぼえた。けれど、どんなに気をつかってもらっても、リラックスなどできそうになかった。そもそも食事がのどを通るだろうか？

　ニックが腰を浮かせたので、コリーも立ちあがった。低くて長細いコーヒーテーブルをまわり、向こうのダイニングルームに通じる大きなドアまで行けばいいのだろうと足を踏みだしたとき、ニックの熱い視線を感じてコリーは足をとめた。当惑して立ちつくす。なにか言いたそうだ。ニックが口をひらいたので、思ったとおりだと、コリーは妙なところで納得した。

「メリック家では、女性を席までエスコートするのが習慣なんだ。だから……ミス・デイビス？」

　ニックはタンブラーを持っていない手を差しだした。コリーは全身をかたくした。本当だろうか？　だが、それがメリック家の習慣だと言っている。夕食に招待した相手がコリー・デイビスであっても、習慣は習慣だからということだろうか。

　それでもコリーは動けなかった。差しだされた手に自分の手をのせればいいだけ。けれどマナーをよく知らないから、笑われるようなことをしてしまわないだろうか……。自分の手が思いうかんだ。男みたいにまめだらけでがさついた手。ニックの知っている女性たちはみな、さぞかしよく手入れされた、柔らかな手の持ち主ばかりだろう。ニックだって、そんなきゃしゃな手のほうが好きに決まっている。

　コリーがじっとつったったままなので、ニックは自分から彼女の手をとった。温かな手のひらにふわりと包まれたとたん、コリーの腕に電流のような衝撃が走った。肩から脚へ伝わり、膝の力が抜ける。

　さらにニックは、コリーをわきに引きよせ、腕を自分の腕にからませた。コリーの心臓は破裂しそうになった。ニックの顔が見られない。けれど、相手が満足そうにこちらをのぞいているのはわかる。ニックがあいているほうの手をコリーの手の上に重ねた。コリーは全身が熱くなった。

体が触れあっていると思っただけで、どきどきし、背筋がぴんとなる。この程度のことで興奮しているなんて、私はそんなに男性を求めていたのだろうか？　それとも、隣にいるのがニック・メリックだから？　タンブラーを手から落とさないでいられるのが不思議だった。

ありがたいことにニックは、コリーの心の揺れに気づいていないらしく、そのままダイニングルームの方に歩きだした。この時点でもう、今までの人生経験をはるかに超えている。このあと、気おくれするような出来事がどれくらい待ちかまえているのだろうと、コリーはなすすべもなく思った。

ダイニングルームに足を踏み入れたとたん、コリーは圧倒された。ここにも色とりどりのガラスがはまった大きな窓が二つあり、テラスに続くフレンチドアがある。表面につや出しの加工をほどこした、巨大な長テーブルがひときわ目を引いていた。天井からは、クリスタルガラスのシャンデリアが三つぶらさがっている。照明は落としてあったが、磨きあげられたテーブルには、無数の小さな電球や滴形のクリスタル飾りがくっきり映っていた。部屋の隅には、テーブルとそろいのサイドボードがあって、豪華なクリスタルの食器がおさまっている。反対側には給仕用のテーブルが据えられ、銀のトレイとコーヒー沸かしが銀の燭台《しょくだい》にはさまれるように置いてあった。

さらに目を見張ったのは、美術館にでもありそうな三枚の油絵だ。テキサス州の州花ブルーボンネットを描いた絵と広々とした大草原の絵。そしてもう一つは、ニックとシェーンの母親の肖像画だった。アミーリア・メリックはずいぶん昔に亡くなっていて、コリーは一度だけ写真を見たことがあった。

　ニックに腕をとられ、テーブルのはしまでエスコートされる。そこにはすでに、ひと組の食器が並んでいて、二番目に使う皿も右横にそろえてあった。花が飾られ、枝つきのりっぱな銀の燭台には、まだ火のついていない象牙《ぞうげ》色のキャンドルがセットされている。コリーはますます落ち着かない気分になった。

　花もキャンドルも、普通ならロマンチックなムードを盛りたてるものだ。だが、きっとそんな意味はないのだろうとコリーは思った。自分には特別でも、この家の人たちにはありふれたものでしかない。こんなりっぱな部屋には、これぐらいあって当然なのだろう。

　コリーは、昔読んだマナーブックの内容を懸命に思いだそうとした。けれど、なに一つ思いだせない。あきらめて、今度は、食事はどれくらい時間がかかるだろうと計算しはじめた。そのあいだだけ無難にやりすごせばいい。食べおわったら即座に退散しよう。

　一時間で食べおえたのでは、あまりにも失礼だろうか。でもそれが限界だ。それ以上はたとえ五分でも耐えられそうになかった。話題につまったら？　〝はい〟とか〝いいえ〟とかしか答えられなかったら？

　だが、ニックは頭のいい人だし、経験も豊富だ。私がこういう場に不慣れな田舎者だということはちゃんとわかっているはず。少し気持ちが軽くなる。垢抜《あかぬ》けた都会の人間と〝ディナー〟をとっているわけじゃないことぐらい承知しているだろう。ニックはたんに習慣だったから、うやうやしく〝女性を席までエスコートした〟だけで、私がレディとはほど遠いことも、気のきいたおしゃべりができないこともよく知っているにちがいない。

頭の回転のにぶい人間だと思われてもよかった。なぜ口数が少ないのか、その本当の理由が目の前にいる彼なのだということにさえ気づかれなければいい。けれど、〝テキサス一の名コック〟の腕を侮辱するわけにはいかない。出された料理をきれいにたいらげるためには、相当努力しなければならなさそうだった。

コリーはあきれるほどよそよそしかった。おしゃれには無頓着《むとんちゃく》で、男性並みに牧場を経営し、普通の牧場労働者と変わらぬ仕事をこなしているが、どこかガラスのようなもろさとか弱さをそなえているコリーのアンバランスさに、ニックは惹《ひ》きつけられた。

なにげなく触れただけで赤くなる。そんな女性を見るのは何年ぶりだろうか。そもそも、今までデートした相手に、頬を赤らめるようなしぐさを見せる女性はいなかった。ニックはふと気がついた。僕はそんな女性たちに飽き飽きしていたのかもしれない。今までつきあってきたのは、とうの昔に純真さを失った女性たちばかりだった。そう考えたとたん、ニックは自分が愚かな人間に思えてきた。

コリーの席は、長テーブルの上座の右手側にしつらえてあった。ニックはそこまでエスコートし、彼女の手からタンブラーを受けとってテーブルに置いた。自分のタンブラーは持ったまま、コリーのために椅子を引く。さらりと流れる、つややかで柔らかそうな髪に思わず指をのばしそうになり、ニックはあわてて手を引っこめた。洗いざらしの髪から花の香りが匂《にお》う。顔をうずめたくなる衝動に駆られ、われながら驚きあきれた。

ニックは気持ちを切りかえようとした。シェーンの皿一式がなくなっている。ルイーズが手早く片づけたらしい。枝つき燭台も花のそばに寄せてあった。花を置いたのはコリーへの心づかいだろう。

独身の女性を夕食に招くとき、ルイーズはいつも、キャンドルに火をつける最後の仕上げをニックのためにとっておいた。席につく前にその仕上げをおこないながら、ニックは黙ったままの客にちらりと目をやった。青い瞳が、キャンドルの光を受けてちろちろとまたたいている。火をつける手元をじっと見ていたが、ニックが椅子に座るとコリーは顔をあげて微笑んだ。華やかになったキャンドルに、子どものように目を輝かせている。

「とても……すてきね」コリーは静かに言った。「花もきれい」

「気に入ってもらえたかな」答えは明らかだったが、ニックはそう言った。「きみにはキャンドルの光がよく似合う」

コリーは一瞬、あからさまに驚いた表情を見せた。だが、ニックは気づかないふりをした。コリーはすぐに視線をそらせた。

「ミス・ルイーズもきみと同じで、花が好きなんだ」ニックは言葉を続けた。「といっても、ルイーズは町の花を買うだけで、自分で育てることはしないが」

「こ——こんなしゃれた花は、育てようとしたって無理よ。うちのはありふれた花ばかり」コリーはあわてたように答えた。さっきのキャンドルの話に動揺しているのだろうか。ひょいと肩をすくめ、話を切りあげてしまった。ほめられて、どうしていいかわからないといった感じだ。

ふたたび、今までデートした女性たちとコリーをくらべずにはいられなかった。都会的で、セクシーで、自意識が強く、ほめられることを当然のように思っている女性たち。彼女たちのうち一人でも、今目の前にいるコリーの半分も魅力があっただろうか。生真面目《きまじめ》な瞳で両手を膝にのせ、はちどりの羽ばたきみたいにのど元が震えているこの女性ほど。彼女は自分の魅力にまるで気がついていない。ニックはそれを教えてやりたくなった。

　こんなにも純真で、自分の魅力にまったく気づいていないことが不思議だった。カサノバの生まれ変わりかというほど口説き上手なシェーンが、彼女に雨あられと賛美の言葉を降りそそいでいないはずはない。それだけに、コリーの自意識のなさは強く印象に残り、ニックの興味を引いた。ということはつまり、シェーンはコリーに、高校生のおままごと程度の恋愛感情しか持っていなかったということだろうか？　つまり、父は、シェーンの気持ちを読みあやまっていたということなのか？

　だが、こうも考えられた。コリーが顔を赤らめたり、じっと押し黙ったりしているのは、六年前の言葉を根に持っているせいかもしれない。きついことを言ったつもりはなかったが、ぶっきらぼうな口調のせいで、人格まで否定されたと思ったかもしれない。傷つけてしまったかもしれないとは感じていたが、長い目で見れば、そのほうが彼女のためだと思ったのだ。これが父だったら、もっと非情な言葉を浴びせていただろう。

　コリーが今夜ここに来たのはシェーンのためだ。弟にどんな感情を持っているにしろ、そのシェーンが現れないとなれば、おそらく早く帰りたいとあせっているだろう。そう思わせているのはこの自分だ。またなにか辛辣《しんらつ》なことを言ってしまいそうだった。

　ルイーズが部屋に入ってくると、無表情だったコリーの顔に安堵《あんど》の色がさした。ニックはそれを見逃さなかった。目が合ったルイーズに軽く微笑みかけている。ルイーズが料理を置いてキッチンにもどってしまうと、コリーは向き直り、ニックの手元に注意を向けはじめた。見て真似《まね》しようとしているらしい。

　ニックはそれに応《こた》え、ナプキンに手をのばした。

「うちでは雨を利用できないかと考えているんだが、きみのところでは水はどうしている?」

あたりさわりのない質問だ。これなら牧場主同士の話としておかしくない。ニックの思惑どおり、会話はスムーズに流れだした。

　食事は順調に進んだ。相変わらず気おくれしていたが、コリーはどうにか料理を味わうことができた。会話も恐れていたほどにはとどこおらず、ニックが対等な立場で牛や馬やビジネスの話をしてくれるのが嬉《うれ》しかった。こちらの話にも、うなずいたり、反対意見をはさんだり、ときに勇気づけたりしながら熱心に耳をかたむけてくれる。見下されてはいない。少なくともコリーにはそう感じられた。

　ニックに対する思いがふくらんでくる。弟にふさわしくないと言った人であることに変わりないが、あのときは自分でもそのとおりだと思ったし、今でもそう思っているから、非難する気持ちにはなれなかった。現実を考えればわかることだ。私はシェーンにふさわしくない。それは、ひいてはニックにもふさわしくないということでもあった。けれど、今だけはそれを忘れたい。

　昔は、ヒーローに夢中になるように、ニックにあこがれていた。世界で一番ハンサムだとも思っていた。今見てもそう思う。あのころのニックは、ほかの男の子なんて問題にならないくらい大人で、落ち着いた雰囲気の、頼りがいのありそうな存在だった。コリーはそこに惹かれたのだった。

　じかに話したことはなかったが、シェーンの口からいろいろ聞いて知っていた。えらそうに命令ばかりすると文句を言っていたシェーンも、実は兄にあこがれていたのだ。

シェーンはときどき兄とけんかしたことをコリーに打ち明けた。シェーンはぷんぷん怒っていたが、コリーから見れば、ニックが正しいと思えることもたびたびあった。そういうときは、お兄さんの言っていることももっともだと、慎重に言葉を選びながらシェーンをさとしたりもした。

今思えば、シェーンはよくあれだけ身内の話を自分にしたものだと思う。ニックの肩ばかり持つなとシェーンが怒りださなかったのも不思議だった。かんでふくめるように話すと、シェーンはいつも最後にはコリーの意見に納得し、冷静になった。

思うに、シェーンにとっては最大の壁だったのだ。常に二つの強大な権威——父と兄が前に立ちはだかっていたのだから。おおらかで人なつこい性格を持つ半面、シェーンもまた、メリック家の男性として、一方的で傲慢《ごうまん》な面を持ちあわせていた。

コリーは、メリック家のことを冷静な目で分析している自分に驚いたことがある。父と自分との関係はここまで冷静に見られなかった。シェーンがうらやましかった。どんなに言い争いをしようと、父親や兄とかたい絆《きずな》で結ばれている。親子そろって怒りっぽく強情だが、衝突もまた、互いに強く深く信頼しあっている証拠だった。どんなにののしりあっていても、家の外でひとたび問題が持ちあがると、メリック家は結束を見せた。

コリーは、愛されていると感じたことも、守られていると感じたことも一度もなかった。だから、シエーンのように父に反抗することさえなかった。父に打ち明け話をしたこともない。父からつらくあたられたこともないし、うるさく干渉されたこともなかった。父は自分を働き手の一人ぐらいにしか思っていなかったのだ。

学校のない日は、丸一日労働力になるので父の機嫌がよかった。学校がある日も、料理、洗濯、家事はコリーの仕事だった。昼間は学校に行ってしまうので、朝登校する前や帰ってきたあとにやらなくてはならなかった。

家の手伝いをするようになったのは八歳のころだ。それまで一緒に住んでいたおばが突然亡くなり、その仕事がコリーにまわされた。生前おばが家の中の仕事を根気強く、熱心に教えてくれていたのが役立った。もしかしたら自分が長くないことや、父が家政婦を雇ったりしないだろうこともわかっていたのかもしれない。

案の定、父は家政婦を雇わなかった。だから、おばの死は大きな痛手だった。コリーは、特に最初の年は、必死で料理や家事と格闘した。年ごろになると、友人たちの母親から助言をもらえるようになったが、それがなかったら、女性として身につけるべき事柄をなに一つ知らないで成長してしまったかもしれない。自分の母のことはまるでおぼえていなかった。古い写真が数枚あるだけ。父は母の話をほとんどしなかった。

そんな暇などなかったはずなのに、それでもなんとかやりくりして友だちと遊ぶ時間をひねりだした。シェーンがときどき外仕事を手伝いに来てくれたおかげだった。車の免許をとると、シェーンは学校の催しに乗せていってくれるようになった。シェーンとのつきあいは中学の理科の実習以来だ。キッチンのテーブルで、夕方、試験勉強や宿題をよく一緒にしたものだった。

二人の友情は、愛だの恋だのといったこととは無関係の、いたって単純なものだった。ほかの男の子たちからも女の子あつかいされていなかったので、別に疑問は感じなかった。コリーはそれほど平凡で、地味な女の子だった。

だが今、テラスに面したフレンチドアの前に立ち、うしろにいるニックの気配を感じながら、コリーは、自分が平凡であることを悲しく思っていた。今夜はささやかな努力をしてきたのに、全然女らしくなれない。

ニックに対する思いは先ほどから何倍にもふくれあがっているのに、絶望感にとらわれ、自分がいやでたまらなくなってくる。とにかく、いたたまれない。コリーは肌がひりひり痛むような、妙な感覚に襲われた。

ニックが席を立ち、テラスに出ようと言った。今度は腕を差しださなかった。これも習慣なのだろうか。あのときのぞくぞくする感じをまた味わいたい気もした。こうやってニックと二人きりになることなどもう二度とないかもしれない。もし、シェーンのためにあらためてもう一度夕食の席が用意されたとしても、そのときはシェーンがエスコート役をするはずだ。

ニックの低い声で、コリーはわれに返った。彼はフレンチドアをうしろ手にしめていた。

「この庭や建物のまわりに少し花が植えてあるんだ。案内するよ。まずはあの紫のクレマチスかな。好きなのは多年草？　うちの牧場監督の奥さんがここの世話をしているから、気に入った花があったら彼女に言っておこう。都合のいいときに家まで届けるよ」

コリーはその言葉にまた驚き、目をそらせた。

「そんなこと、してもらわなくてもいいわ」

「なぜ？　母は花や木をあげたりもらったりするのが好きだった。家に持ってかえってきても、かたっぱしからそれを人にあげてしまうんだ」

ニックはコリーをうながして、テラスの敷石に足を踏みだした。

「温室で買う花はいつも、まだ誰も持っていないような新しい花ばかりでね」

目をあげると、ニックはおだやかに微笑んでこちらを見ていた。とまどいを見透かされているような気持ちになる。ただでものをもらうほど落ちぶれてはいないと思ったことも伝わってしまっただろうか。

「お返しをしなくちゃいけないと考えているなら、きみの家の庭から花を一本摘ませてもらおう。今週いつか僕を夕食によんでくれたときにね」

コリーは、プールの向こうにある大きなトレリスをつたう紫のクレマチスをながめていたのだが、はじかれたようにニックを振り返った。驚きに目を丸くしていたのだろう、ニックの笑顔が満面に広がる。厳しくいかめしい顔つきがやわらいで、本来のハンサムな顔が現れていた。

「夕食と、それから、庭のトマトも。今日きみのところに行ったとき目に入ったんだ。きみは植物を育てる天才だな」

コリーは唖然《あぜん》とした。驚きが少しずつ動揺に変わっていく。途方に暮れながらも、興奮が体を駆けめぐるのを感じていた。ニックが家に招待してほしいと言った。シェーン抜きで。つまり、今夜は楽しかったからもう一度ふたりで夕食を食べたいということだろうか。

だが、メリック家の豪邸を見たあとでは、狭いわが家はあまりにも貧相に思えてしょうがなかった。シェーンはいつも居心地がよさそうにしていたが、その家がこれほど豪華なものだと知っていたら、とても彼を自分の家になど招けなかっただろう。

コリーは視線をそらして前を見た。興奮で頭が混乱する。昼間シェーンが来たときと同じ感覚だ。ひょっとして、今朝子馬に振りおとされたときに頭でも打ったのだろうか。あのときから調子がおかしい。夢でも見ているような気分だ。すばらしいけれど、ありえない夢。これが現実であるはずがない。

聞き間違いでないとしたら、ニックはたしかに自分を家に招待してほしいと言った。〃今週〃と！　それとも、夕食に招かれたら招待しかえすのが礼儀だと言いたいのだろうか？　マナーブックを見なくたって、そのぐらい知っている。友だち同士ではよくそんなこともした。

　けれどそれは、自分と同じようにつましい生活をしている友人ばかりだ。大事なのは友情で、他人の暮らしぶりをくらべたりはしなかった。

　とはいうものの、ニックは、コリーが金持ちの家柄でないことも、身の丈に合わない背のびをしていないことも知っている。壁に油絵が飾ってある、銀食器や高級磁器や高価なクリスタルが並ぶ優雅なダイニングルームなどないこともわかっている。

　質素なテーブルで私の作った料理を食べるのを望んでいるのだとしたら、なんて嬉しい言葉だろう。

　だが、同時に、耳を疑うような言葉でもあった。今まで誰かにそんな言葉を言ってもらったことはない。この〃私〃と会い、この〃私〃と一緒に時を過ごしたいなんて。勝手な解釈だろうか。いつもそうだった。本当はさびしいのに、それを認めようとしないで、コリーは今まで生きてきたのだから。

5

コリーは、たくさんの花が揺れているプランターのわきでゆっくり歩をとめた。

「い、いつがいいの？」

他人の声のように聞こえる。

自分は臆病《おくびょう》な人間ではない。けれど、ニックを家によんで夕食をふるまうとなると、持っているかぎりの勇気を振りしぼる必要があった。今夜ここに来ることだってずいぶん勇気のいる行動だったのだ。十八のときに切に願った機会が今目の前にある。たとえどんな結果になろうと、このまま逃してしまうことはできない。

「明日の晩……じゃなかったら、あさっての夜。それでもだめなら、その次の晩」

ニックが口のはしをにやっとゆがめる。

「ぶしつけなのはわかっている。でも今晩がとても楽しかったから。もう一度こんな晩を過ごしたいと願ってもいいだろう？」

ニックはこぼれるような笑顔を見せた。コリーの胸はどきんと鳴った。

「おいおいミス・コリー、いたずら小僧でも見るような目で見ないでくれ」

彼女は顔が熱くなるのを感じた。からかうような口調に、ふとシェーンの姿がだぶる。さすが兄弟だ。そんなことを考えていたら少し気持ちが軽くなった。

「そうなの？」コリーはそっときき返してみた。「からかってるの？」

「だとしたら、きみは怒るだろうな」

顔がますます熱くなった。私が男まさりだって言いたいの？　心のつぶやきが聞こえたかのように、ニックは口をひらいた。

「弟から聞いたことがある。昔、シェーンをしつけてくれたんだっけ。こうあるべきだと実践的なアドバイスをしてくれたらしいね。そんな話を耳にしたよ。おぼえてるかい？」

とっさには思いだせなかった。シェーンはいつだって礼儀作法を心得ていたし……。コリーはまたとまどった。思いだそうとすると、きのうの出来事が浮かんできてしまう。

「いつ私がそんなことを？」

「たしか……」ニックは視線をさまよわせた。正確な記憶をたどろうとしているらしい。やがてコリーに視線をもどす。「きみたちが中学二年のときじゃないかな。二人でパチンコを作って、きみがフェンスの柱に空き缶を釘《くぎ》で打ちつけたときだよ」

思わず笑いがこみあげてきた。昔のことが鮮やかによみがえってくる。花なんかどうでもよくなり、コリーは前に歩きだした。そういえばそんな遊びをしたことがあったっけ。シェーンとふたりで的めがけて石で撃った。自分はほぼ百発百中だったが、シェーンは半分もあたらない。パチンコを交換しても同じで、とうとうシェーンはこんな子どもっぽい遊びなんかやってられるかとパチンコを放《ほう》りだした。

せっかく勝負していたのに、途中で投げだされたことにコリーはむっとした。自分がうまくいかないからって、私の腕も認めないのは卑怯《ひきょう》だわ。そう思い、わがままだときっぱり非難した。〝意気地なし〟だから女の子に負けるんだと。シェーンはかんかんに怒って、パチンコを乱暴に拾いあげ、めちゃくちゃに撃ってから思いきり遠くに投げすて、早口でなにやら悪態をついたのだった。

ニックは、コリーと並んで歩きながら、おぼえていることを話しはじめた。

「シェーンはぷりぷり腹を立てながら、ずぶ濡《ぬ》れになって帰ってきたよ。なにがあったのか全部白状した。きみに水桶《みずおけ》につきおとされ、顔を洗って出直してこいと言われたってね。私もいちおう女なんだから、きたない言葉はつつしみなさいって言ったんだって？　あいつ、頭から湯気を立てて怒ってたよ」

ニックはおかしそうに笑った。コリーは恥ずかしくなり、笑いをこらえようとしたが、吹きだしてしまった。横目でニックの笑顔をちらっと見る。私のしたことをおもしろがっているようだ。

「シェーンはあのときのことを全部話したのね」

「父にもね。僕たちが笑ったものだから、さらにプライドを傷つけられたみたいだったよ。あいつはそれまで、勝負に負けて面子《メンツ》がつぶれるような経験はしたことがなかったんだ。水桶につきおとされてよくわかったんじゃないかな。女性の前できたない言葉を使うとどうなるかということをね」

ニックはコリーに顔を向けた。黒い瞳が笑っている。認めてもらったような気がして、コリーはくすぐったいような気持ちになった。

「弟にとって、わがままが通らない相手はきみが初めてだったんだ。きみは悪態も許さなかったしね」

「あのとき、シェーンが乱暴に足を踏みならしながら帰ったあと、急に心配になったの。大声でどなって、馬も駆けだしちゃって。あとからお父さまがうちにどなりこんでくるんじゃないかって、びくびくしたわ」

ニックは首を振った。

「あいつにはいい勉強になったはずだ。スポーツマンシップについて学んだわけで、ロデオ大会でも役に立ったと思うよ。相変わらずきたない言葉は使ってたが、近くに女性がいないか確認するようになったしね」

ニックはふいに眉をひそめた。

「きみにあやまるって言ってたと思うんだが、シェーンはあやまったかい？」

コリーは思いだして、下を向いたまま微笑《ほほえ》んだ。

顔をあげると、いつのまにかテラスのはずれのプールまで来ていた。町で会ったとき、シェーンはきちんとあやまった。メインストリートの食堂でハンバーガーをおごってくれたっけ。ますますいい友だちになれた気がした。それ以来、シェーンは二度と私の前できたない言葉を使わなかったし、他《ほか》の人間にも使わせなかった。

「あやまったわ」

しばし思い出にふけっていたことに気づき、コリーははっとして返事をした。けれど、細かいことまで話すつもりはなかった。大切な思い出として心の中にとっておきたい。あれから何度、シェーンは私にハンバーガーをおごってくれたり、映画に連れていってくれたりしただろう。ロマンチックな雰囲気などかけらもなかったけれど、シェーンと出かけるのはいつも楽しかった。

「シェーンは気のおけない友だちだったわ」

「だが、大人になるにつれ、互いを意識するようになった」

つきささってきた言葉に、コリーの心は波立った。シェーンの声のトーンが今までとちがっている。なにやら真剣な、こちらを不安にさせるような響きがあった。

あのころの私たちがロマンチックな関係だったかどうか、確かめようとしているのだろうか？　当時はそんなふうに見えたのかもしれないが、この数年ほとんど連絡をとりあっていないことを考えれば、もともとそんな関係ではなかったことはわかりそうなものなのに。

コリーは、むっとした顔で軽く肩をすくめた。

「シェーンと私が友だち以上の関係だったなんて、どうして思うのかしら」

やんわりと本音をもらし、足をとめてニックのことをちらっと見る。

　ニックも立ちどまった。コリーは後悔した。こんな生々しい会話、今夜はしたくない。一方的に問いつめることも会話というのなら。

「今は？」

　ニックはつぶやくように言い、真剣なまなざしでコリーを見つめた。せっかく打ちとけて、親しくなれたと思ったのに。たちまち気分が悪くなってくる。めまいまでしてきた。これが、今夜私をここによんだ本当の目的だったのだろうか？　私とシェーンの関係をさぐるため？　ずいぶん手のこんだことをするものだ。

「だから私をよんだのね？　それをきくため？」

　ニックは真面目《まじめ》な顔でうなずいた。「そもそもの目的はそうだ」

　コリーはますます気分が悪くなり、目をそらした。今の言葉はどういうこと？　私は思い違いをしていたわけ？　これまでどおり、厄介事を避け、シェーンとその家族には近づかないでいるべきだった。

　夢のような夜が、あっというまに姿を一変させた。自分がばかだったのだ。すべて真に受け、不安と興奮を胸にうっとりしていたなんて。ニックも心から楽しんでいるとばかり思っていた。話もはずみ、私のことを頭がよく、意見もしっかり持っていると認めてくれたような気がしたのに。どこまでが本当だったの？

　きっと、なにからなにまで嘘《うそ》だったのだ。ニックは私をだました。隣人同士などと親しげなふうを見せたのも、私の自尊心を巧妙にくすぐったのも、知りたいことをさぐりだすため。世慣れて、経験も豊富なニック・メリックが、この私を異性として見たなどと、ほんの一瞬でも考えた自分がおめでたくて、顔から火が出そうだった。明日の晩、きみの家で夕食をごちそうになりたいなんて言われたら、女性なら誰だってそう思うだろうけれど。やすやすと相手の手のうちに落ちたことがくやしくてしかたがない。

ニックは心の中で私のことを笑っているにちがいない。あまりの屈辱感に、コリーはしばらく立ち直れなかった。しばらくして、不承不承ニックの方を見る。

「シェーンが帰ってこないことは初めからわかってたのね？」

いつもはめったに怒ったりしないのに、はらわたが煮えくり返りそうになっている。ニックはコリーの目をまっすぐ見つめ返した。

「シェーンとはもちろん一緒に食事をする予定だった。用がすんだらすぐに帰ってくるよう言っておくべきだったと思っている。だが、きみとシェーンを一緒に食事させるつもりだったのは確かだ。そうすれば、わざわざきかなくても知りたいことがわかっただろうから」

コリーは少しあごをあげた。

「じゃあ、今度はこっちから質問させてもらうわ。私は卑怯者じゃないから正々堂々とききます。一つ、あなたになんの関係があるの？　二つ、直接シェーンにきいたらどう？」

卑怯者という言葉が効いたのか、ニックの黒い瞳がくもった。私みたいな相手からそんな言葉を浴びせられて、さぞむっとしたことだろう。せめてささやかな満足感を味わい、今夜のことは忘れてしまうのが一番だとコリーは思った。いい勉強になったと思うことにしよう。

つまるところ、ニックがこの二つの質問にどう答えようとどうでもいいのだ。この先もうニックとは、いっさいかかわりを持つ気はない。向こうだって同じだろう。初めからそのつもりだったのかもしれない。いいホストぶるのも楽ではなかっただろう。

ニックが急に厳しい顔つきになり、コリーは一瞬、六年前のことを思いだした。

「関係はある。メリック牧場の将来にかかわってくる問題だからだ。だがシェーンはきみのことをなにも話さない。何年も前から、きみの話題について口をとざすようになったんだ」

ぶっきらぼうで単純明快な答えだった。コリーはあごをこわばらせたままうなずいた。

「私がメリック牧場となんの関係があるわけ？　シェーンが釣りあわない相手と結婚するんじゃないかってまだ勘ぐっているの？　シェーンが話さないなら、その気持ちを尊重すべきだわ」

怒りのあまり、コリーは声の震えを抑えることができなかった。けれど、いかに感情を傷つけられたか、このほうがよく伝わっていいかもしれない。自分の話がなぜ封印されたのか、想像するのがたやすかっただけに、よけい腹が立った。

「なにかききたいときは、今夜みたいにこそこそ小細工をしないで、私たちに誠意を見せ、正々堂々ときいてちょうだい」

コリーはくるりと背を向け、大股で歩きだした。鍵《かぎ》はいつもポケットに入れてあるから、ダイニングルームまでとって返す必要もない。せっかく女らしく見えるように着てきた服も台なしだった。とにかくできるだけ早く、まだプライドを保っていられるうちに、一番近い道を通ってメリック牧場から出ていきたかった。こんながさつな歩き方、レディ失格だろう。けれど、女らしくなる野望も今夜かぎりだ。

あとを追いかけてくるブーツの音を無視し、コリーはテラスのはしまで行った。そのまま屋敷の裏手に抜け、芝生をまっすぐ横切って玄関の車寄せに向かう。

おんぼろトラックまで来ると、振り返らずに乗りこみ、エンジンをかける。そして車の方向を変え、思いきりアクセルを踏みこんだ。

家に帰っても、怒りはおさまらなかった。帰りぎわの自分の態度が気になってきて、涙がこぼれそうになる。ニックはそんなに卑怯だっただろうか？

コリーは金のイヤリングを耳からもぎとり、キッチンの隅めがけて投げつけた。戸棚にあたって跳ね返り、床をころがったが、そのままにしておく。そのとき、家の裏でトラックの音が聞こえた。裏口にまわるのはいつも友人だけだったが、コリーは、ニックかもしれないと思った。

冷蔵庫の上に置いてあるラジオに手をのばし、スイッチを入れてボリュームをあげる。コリーは裏口をそっと見た。薄いカーテン越しに、カウボーイ風の背の高いシルエットが近づいてくるのが見える。ポーチの階段をのぼるその影は、どんどん大きくなり、やがて網戸をあけると、腕をあげてドアを叩《たた》いた。無視すればいい。だが、そうできない自分がふがいない。

ニックが家まで追いかけてきたのだろうか。なんのために？　コリーは混乱した。あやまるため？　けれどそんな気があるなら、まだあの屋敷にいるうちに私を引きとめることもできたはずだ。もっとほかのことを言いに来たにちがいない。私の聞きたくないなにかを。

こっちだって、まだ言ってやりたいことはいくつかある。いいチャンスだ。コリーはつかつかとドアに歩みより、勢いよくドアをあけた。

ところが、そこにいたのは、ニックではなく、シエーンだった。怒って顔を赤くしているコリーを見て一瞬笑顔をひっこめ、上から下まで見おろす。やがて笑顔にもどり、何度かゆっくりうなずいた。

「すごいな、お嬢さん。三段重ねのアイスクリームみたいだ。パンツはバニラ、シャツはストロベリー、髪はチョコレートフレーバーってところかな」

シェーンはコリーの顔に視線をもどし、目を細めて低く口笛を吹いた。心の底から感心したときにする癖だ。

「で、今きみは、なぜかものすごく怒ってる」

さらにコリーを観察し、やがてしたり顔でうなずいて自信たっぷりに言った。

「そうか、男だな。絶対男だ。どこのマッチョマンだい？　それともこうきくべきかな？　きみを怒らせた、ふやけたスカンク男はどこのどいつだって」

死んでもニックのことは話すまい、とコリーは思った。ニック・メリックに会いにメリック牧場まで行ったことは誰にも知られたくなかった。いつもとちがうこんな服を着ているせいで、シェーンに変に勘ぐられてしまった。彼は表情や服装からそれを感じとったにちがいない。

「世間に腹を立てているだけよ、カウボーイさん」

コリーはわざと平静をよそおった。息を吐いて緊張をとく。

「すぐに気も静まるから」

コリーは一歩うしろにさがり、無言で中に入るようにうながした。

「なにをしてたの？」

シェーンは家の中に入り、ステットソン帽をぬいでキッチンのテーブルの上に置いた。コリーはラジオを消した。そういえば、昼に来たときは帽子をとらなかった。ピンクのブラウスに白のジーンズ姿という私を見て、思わず紳士的な態度をとったのだろうか。

シェーンが床に目をやり、眉をつりあげたので、コリーはイヤリングを見つけたのだと気づいた。怒りにまかせてばかなふるまいをして、と自分のことながらうんざりする。シェーンはかがんでイヤリングを拾い、まわりを見まわしてもう片方もつまみあげた。立ちあがり、振り向いてテーブルの上に置く。

なにか言いたそうな顔をしているが、なにも言わない。そのかわり、さっきのコリーの質問に答えた。

「なにか目新しいものでもないか、町の様子を見に行ったんだ。通りに新しくできたカントリー・バーものぞいてきたよ」

シェーンはそう言って、またコリーの全身をしげしげとながめた。コリーは別の意味で顔が熱くなるのを感じた。

「行ったことがある？」

シェーンも私からなにかききだそうとしているのだろうか？　だが口に出してなじることはできなかった。どうしてイヤリングが床に落ちていたか、そのわけを見透かされてしまったような気がしたからだ。腹を立てている原因が男性と関係あることをすでに見抜かれている。

「飲み屋なんか行かないわ」

コリーがそう言うと、シェーンはくすくす笑った。

「そんなに目の仇《かたき》にするなよ、コリー。ソーダもいろいろ置いてあったよ。今夜、なかなかいいカントリー・バンドが出るらしいんだ。広いダンスフロアもある。今から踊りに行かないかい？」

「私、踊れないもの」

シェーンはにやっとした。「僕は踊れるよ、世間に腹を立てている不機嫌なお嬢さん。もう少し機嫌のいい顔をしてくれたら、ダンスのレッスンもしてあげよう」

シェーンはふたたびコリーの全身に目を走らせた。

「いや……前言撤回だ。いくらでも不機嫌な顔をしていい。でも、ダンスは教えてあげる」

シェーンはコリーのシャツをあごで指した。

「ピンクがよく似合ってる」

笑みを浮かべたまま視線をさげていく。

「コリー・デイビスのタイトな白いジーンズ姿をおがめる日が来るなんて思わなかったよ」

彼の視線は足元までおりた。

「サンダル姿もね。かわいいつま先をしてるんだなあ。せっかくだから、いつも見せてたほうがいいよ」

コリーは驚いて言葉につまった。今夜の自分のまぬけさ加減に傷ついていただけに、シェーンのなにげないほめ言葉が心にしみわたる。今一つ自信のなかった服装もほめられて嬉《うれ》しくなる。幼なじみのシェーンの言葉なら素直に信じられた。

シェーンはゆっくりと目をあげていき、女性らしい丸みを愛《め》でるようにいったんヒップでとまって、それから腰に移動した。

「ベルトは、もっとぴかぴか光る、大きなバックルつきのがいい。そうすれば、くびれたウエストが強調されるよ。その、へそみたいなのじゃなくて、もっと大きいバックルのね」

シェーンは小さな丸いバックルを見てそう言った。

「たとえば……」

自分の世界チャンピオンの金のバックルをはずし、ジーンズのベルト通しからベルトを引きぬく。

「きみの細いウエストにはちょっと長すぎるかな」

シェーンは一歩近づき、コリーの革のベルトのバックルに手をかけた。

コリーはぎょっとし、反射的にシェーンの手をつかんだ。「ちょっと、シェーン！　やめてよ」

シェーンは顔をあげた。目と目が合い、コリーの息がシェーンのハンサムな顔にかかる。シェーンがそっと手を握り返してきた。彼の顔が真上にある。握られた手がかろうじて二人の体を離している。手の甲がシェーンの引きしまった腰にあたり、シェーンの甲はコリーの胸の下あたりに触れていた。

シェーンの雰囲気が変わった。見たことがないほど真剣な顔だ。

「このベルトをつけなよ」

シェーンはささやくように言った。

「できないわ。だって、これはあなたのでしょう。あなたがつけるべきよ。そうじゃなかったら、私、出かけないから」

シェーンは形のいい唇のかたはしをにやっとあげた。「なら、一緒に踊りに行くんだね？」

なぜだろう、目の奥がつんとなる。

「それは……。とにかく、このベルトは苦労して手に入れたものでしょう。それをほかの人間がつけてどうするの。私は荒馬乗りのチャンピオンじゃないわよ」

コリーはそう言い、雰囲気を変えようと、ちゃかすようにつけくわえた。

「今朝、私を振りおとした子馬にきいてみて」

見つめあった姿勢のまま、どちらともなく黙りこんだ。やがてシェーンはかすれた声で言った。

「きみはチャンピオンさ、コリー」

シェーンは告白でもするようにゆっくりと言った。

コリーは不覚にもあふれてきた涙をこぼすまいとして、顔をそむけた。

「僕はばかだ。やっと気づいた。どうしてもっと前に気づかなかったんだろう。きみにそれを伝えたかった」

コリーは自《じ》嘲《ちょう》的な笑いをもらして頭を振り、わざと話をちがう方向に持っていこうとした。そうでもしないと本当に泣きだしそうだ。

「ロデオ大会では口がうまい人にも金のベルトをくれるの？」

シェーンはますます真剣な顔になった。

「お世辞なんかじゃないさ、お嬢さん。そんなうわっつらなものじゃない。僕はきみを心からほめているんだ。全然ちがう」

コリーはうつむき、握られている手を見おろした。今朝の出来事が遠い昔のことのように思える。あのときまでは人生は単純で単調だった。なのに、裏口にシェーンが現れたあの瞬間から、なにもかも混乱しはじめた。そう、あれからだ。わけのわからないことばかり。まるで月の世界にでもいるように。

　コリーがじっと手を見つめていると、シェーンは片手を離し、コリーの腰からベルトを引きぬいてうしろのテーブルの上に置いた。そして、その手をコリーのあごにかけて持ちあげた。シェーンの真剣そのものの整った顔と、きらきら光を放つ青い瞳が視界いっぱいに広がり、黒い髪がゆっくり垂れかかる。

　コリーは声を失った。

「シェ、シェーン……ちょっと」

　シェーンの力強い唇が、コリーのなかば開いた唇にすっと触れた。いったん離れ、またかすかに触れ、そして長く押しあてる。温かさと重みが伝わってきた。

　コリーの心の中に驚きと恥ずかしさがわきおこった。どうしていいかわからずとまどう。自分からもキスするべきだろうか？　唇はとじたほうがいいの？　彼のキスから逃げるべきだろうか？

　シェーンが唇を離し、コリーははっとした。かすれた声で彼がつぶやいた。「誰かほかの男のことを思ってる？」

　コリーはショックを受けた。息を切らしたまま、あわてて答える。「そんなこと、あるわけないじゃない」

　本当のことだ。

「あるわけない？」

　シェーンはおかしそうに笑った。

「どうとったらいいのかな？」

　シェーンになにかを感じとられたような気がして、胸に苦い痛みが走る。もうやめにしたい。全部おしまい。さっきは兄のほうにまんまとだまされた。弟もなにかをたくらんでいるのではないだろうか。

　ニックのやり方に傷ついたせいで、コリーの心には男性不信が芽生えていた。シェーンも例外ではない。シェーンとは友だち同士だと思っているが、コリーは自分に自信が持てなかった。勘違いしてしまうかもしれない。勝手に都合のいい解釈もしてしまうかもしれない。シェーンは女性のあつかいにもキスにも慣れている。こんなキス、シェーンにとってはきっとあいさつ程度のものにちがいない。

　コリーはあとずさり、握られた手をほどこうとした。だがシェーンはそっと力をこめ、放さなかった。コリーは視線をそらしたまま言った。

「今日は長い一日だったの。とても疲れてて、頭がぼうっとしてるわ」

　シェーンはまたおかしそうに笑った。「頭がぼうっとしてるのはキスのせいじゃないのかい、ダーリン？　ちがうって言うんなら、もう一度試してみようか」

　コリーは無理やり笑顔を作った。たいそうな自信だ。やはり経験豊富なのだろう。反応を試されているようでいやだった。

「よく帰ってきたわね、シェーン。会いに来てくれて嬉しかったわ。ほんとに何年ぶりかしらね」

　コリーはやっとの思いで顔をあげ、シェーンを見た。お願いだから早く帰ってと心の中で思う。青春時代の思い出が、そのほかにもたくさんの思い出が友情や感謝とともにわっとよみがえってきて、胸がいっぱいになった。

　今にも大声で泣きだしてしまいそうだ。キスのせいかもしれない。あのキスがなにかを変えてしまった。それが、長く続く友情にどう影響するのかコリーにはわからなかった。感情がかなりたかぶっている。こんな日はぐっすり眠ってしまったほうがいい。

　シェーンはなにか言いたそうにコリーを見ていた

が、やがて手を放すと、コリーの頬に軽く唇をあて、そのまま出ていった。

コリーはしばらく立ちつくしていた。テーブルの上のイヤリングをとり、ごみ箱に捨ててしまおうかと考える。だが結局、手に持ったまま部屋の明かりを消し、二階にあがっていった。

6

翌朝、コリーはお気に入りのヘアブラシが見あたらないことに気づいた。そういえばメリック家のソファにバッグを置き忘れてきたのだと思いだす。めったに持ち歩かないから、すっかり記憶から抜けおちていた。中に財布が入っている。ブラシだけ新しいものに買いかえ、あとは放《ほう》っておくというわけにもいかなかった。

しかたがないので、目の粗い櫛《くし》を使う。やりにくいのをがまんして髪をとかし、大急ぎで髪を三つ編みにして、朝食前にすませなければならない仕事をするため外に飛びだした。今日は牛たちをいつもとちがう牧草地に連れていく予定だ。今のうちに準備をしておかないと。

シェーンに電話をして、バッグを届けてほしいと頼むわけにもいかなかった。ゆうべあそこにいたことを知られたくない。ニックはシェーンになにも話さないだろうとコリーは踏んでいた。あの兄弟は私とのかかわりを互いに秘密にしているふしがある。ゆうべあんな別れ方をしたから、ニックも私が来ていたことをおおっぴらにしたくないはずだ。ニックがそう言えば、ミス・ルイーズも黙っているだろう。財布をとりもどすには、シェーン抜きの、別の手を考えなければならなかった。

シェーンがいるときにメリック牧場へ行くのはまずい。それに、相手の陣地にのこのこ出かけていくのはいやだった。家のまわりをうろつくわけにもいかないし、どうすればいいのだろう。とにかく、もめごとの種だけは蒔《ま》きたくなかった。シェーンの話では、それでなくても干渉を嫌う弟と兄のあいだはぎくしゃくしているようなのだから。

それに、シェーンはゆうべ私の心が乱れていた証拠を見ている。だからなお、シェーンが疑った不誠実なスカンク男が自分の兄だと知れるのはまずい。

コリーは、ゆうべのニックをもう一度思いおこしてみた。もっともらしいことを言って招待しておきながら、目的は別にあった。けれど最終的にはそれを認めた。こっちからずけずけときく前に言ってくれればよかったのに。でも、追及したら素直に認め、詳しく事情を話した。もしかしたら、あの言葉どおり、本当にシェーンも同席させるつもりだったのかもしれない。

ニックと二人きりだという状況にあれほど過剰反応していなかったら、もう少し冷静な行動ができたかもしれなかった。ニックほどの男性なら、ていねいにあつかわれて喜んでいる私を見たときに、反発の強さも予測できたはずだ。ある意味、向こうも目算をあやまったといえる。

私には恋愛経験がない。だから、手さぐりでしか進めないような世界には足を踏み入れないほうがいいのだ。コリーはますますそう思った。自分の知っていること、わかることだけに囲まれて暮らしていこう。そのせいで、わびしい牢獄《ろうごく》生活になったとしてもかまわない。笑いものになるよりはずっとましだし、プライドだって守ることができる。まだ、プライドが残っていればの話だけれど。

ここのところずっとまとわりついて離れない暗い気分が、猛烈な勢いでまた襲いかかってきた。自分は臆病《おくびょう》者だという思いが胸を刺す。これでは、プライドを守るどころではない。

体を動かせば忘れられるかも。コリーはそう思った。

「あのさ、兄貴にききたいことがあるんだけど」

ニックと向き合って朝食の席につきながら、シェーンが言った。

朝っぱらから大きな声で話す弟につきあうのは面倒だったが、自分が憂鬱《ゆううつ》な気分だからといって、その重いムードを食卓に持ちこむのはマナー違反だということはわきまえていた。弟も自分も、そういったことは父から教えこまれている。

「なんだ？」

シェーンはナプキンをとると、膝に広げて肉の皿に手をのばした。

「このあたりの噂《うわさ》は耳に入る？」

薄く切った肉を自分で皿にとり、残りをニックにまわす。

「ときどき。誰のことだ？」

「コリー・デイビスさ。最近彼女、誰かいい人がいるのかな？」

ニックはますます暗い気分になった。

「なぜだ？」

「いや、ちょっときいただけさ」

　そんなはずがあるものか。ニックは思った。だが、今のシェーンにとってコリーは遠い昔の話であるはず。だから、彼女の件でまた弟の心を乱したくなかった。ゆうべのことで、厄介な展開にならなければいいが。

「その名前は禁句じゃなかったのか？」

　シェーンは卵料理も大皿から自分の皿に半分ごそっと移し、残りをニックに差しだした。さっきの威勢のよさがいくぶん静まっている。

「禁句なのは、僕とコリーがどうこうっていう話さ。それから、おやじみたいな説教も。たとえば〝あのデイビス牧場の娘はメリック家にそぐわない〟とか。だけど念のために言っておくけど、彼女の悪口は今でも許さない」

「じゃあ、なんで今さら彼女の話を持ちだして、僕にきく？　おまえさえかかわってなければ、僕は彼女の行動に関心はない。昔もそうだったし、今もそうだ」

　シェーンの陽気さはさらにトーンダウンした。

「じゃあ、話を少し変えよう。コリーのことはまたそのあとだ。二、三年前、兄貴がぞっこんになってた女の子、なんて名前だったっけ？　ほら、あのヤンシー・エドワーズの一番上の娘。うーん、思いだせない……」

「ジェンナのことか？　ぞっこんになんかなってない。たまにデートしただけだ」

「そうそう、それ。僕が、ジェンナ・エドワーズは見た目はいいけどおつむは弱いって言ったら、兄貴、僕に、かんかん照りの中、一週間ぶっ続けでフェンスの柱の穴掘りをさせたよな」

　ニックも思いだし、つられて笑う。「内輪の話ならお仕置きはしなかったさ。だが、彼女の父親がいるところであんなことを言うからだ」

「つまり、内容は認めるってこと？」

「ああ」

ニックは迷わず答えた。ジェンナ・エドワーズは結局中身のないつまらない女だった。父親に蝶《ちょう》よ花よと甘やかして育てられたせいで、常識にも欠けていた。よく相手を見きわめ、場合によっては自分の考えを胸にしまっておくべきときがあるのだということを、シェーンに教えるいいきっかけになっただけだ。

「じゃあ、コリーの話にもどる。兄貴とおやじが彼女について言った言葉は全部間違っていた」

「僕は彼女をあからさまに非難なんかしてないぞ」

「おやじは、このテーブルの、今兄貴が座っている席から僕に面と向かって言ったよ。コリー・デイビスは、しょせん遊び半分につきあうだけの相手だ。干し草置き場でいちゃつくのはかまわない。だが、誰にでも胸を張って紹介できるような結婚相手ではないってね」

ニックは詳しくおぼえていなかった。だが、ゆうべのコリーを見るかぎり、それは彼女をひどく侮辱する、間違った言葉に聞こえた。

「父は偏見を持っていた。僕は父にそう言ったよ」

「ああ、言ってた。でも兄貴は僕にもこう言った。ああいう女性はすぐ飽きるぞ。だからズボンのファスナーはしめておけってね」

「おまえが相手をころころ変えてデートするたびに同じことを忠告したじゃないか」

「だが、コリーのときだけはおそろしく真顔だったよ。まるでメリック家の跡取りでもはらまれたら大変だと言わんばかりにね」

「それなら、なぜ彼女を置いてロデオ大会に参加した？　どうして結婚しなかった？」

「コリーはただの友だちだったんだ。なのに、兄貴もおやじも彼女にあんなひどい態度をとって。彼女と干し草の上でいちゃつくなんて、考えたこともなかったよ。彼女は本当に天真爛漫《てんしんらんまん》で無邪気な存在だった。彼女を見て性的な妄想を抱くのは、頭のおかしいやつだけだよ。兄貴たちが彼女を悪《あ》しざまに言うのが僕は気に食わなかった」

たしかに父と自分はコリーを悪く言ったかもしれない。父の場合はあえてきつい言葉を使ったのだろう。だが自分は、コリー・デイビスのためを思って言ったのだ。コリーは父親と二人、決して裕福な生活はしていなかった。父親は彼女をこき使っていた。そんな現実から逃れたい気持ちはわかる。だがあのまま十代で結婚しても、別の苦労を背負いこむだけだ。不機嫌で、あちこち体が痛むからといってまわりにあたり散らす老人と一つ屋根の下で暮らしてみろ、どんな気苦労をすることになるか。そのうえ、弟にも飽きられたらどうする。

もしコリーが、大学に行ったシェーンのあとを追っていたら、たとえ二人が結婚していたとしても、コリーはとり残されたようなさびしさを感じたことだろう。そうなったら、コリーも入学させるしかないが、シェーンは――そしてコリーも、父の許しを得ることができたとは思えない。

「悪気はなかった。ただ心配しただけだ。あまりにのぼせて、彼女とべったりになるのは、おまえの人生にいい影響を与えないだろうと。それに、彼女のような世間知らずの女性は、飽きて捨てられたら立ち直れない。たとえおまえの思いどおりになって最終的に結婚したとしても、この家で生活するのは並大抵の苦労じゃないぞ」

シェーンはテーブルに身を乗りだし、考えこんだ。元気はすっかり影をひそめている。それを横目で見ながら、ニックは良心に問いかけた。おぼえていないようなひどいことを、自分は言ったのだろうか？

自分も彼女を誤解していたのか？　正直言って、まったく思いだせない。

だが、シェーンに白状しなければならないことがあった。先送りにするわけにはいかない。コリーはそう簡単には謝罪を受け入れてくれないだろう。となると、シェーンの助けが必要になってくるかもしれない。

ニックは意を決して口を開いた。「コリーとは今でもただの友だちなのか？」

シェーンは冷ややかにニックを見た。「僕も彼女も成長したんだ。なにもかも昔のままじゃないよ。二人の関係もね。でもそのうちはっきりすると思う。だが、いいか、コリーはうわついた女性じゃない。ジェンナ・エドワーズと一緒にしないでくれ」

ニックは二人の女性を思いくらべ、かすかに微笑《ほほえ》んでフォークを置いた。

「もちろんだ。僕から見ても、コリーは結婚もしない相手とベッドをともにするような女性じゃないと思う。たしかにジェンナとは似ても似つかない。最近コリーは誰かとつきあっているかという質問だが、それはないと思うね」

シェーンは〝僕から見ても〟という言葉に反応を示さなかったが、ニックはそろそろ話を切りださなくてはと思った。コーヒーをひと口すすり、カップをわきにのけ、弟の顔をまっすぐ見る。

「ゆうべ見た感じでは、誰かいたとしても、たいして深い関係ではないな」

シェーンは険しい目つきになった。「ゆうべ？　どこでコリーと会ったんだい？」

「この家の夕食にミス・デイビスを招待した。おまえをびっくりさせようと思ってね。ゆうべ家に電話してきただろ？　ルイーズが客のことを知らせようとしたら、おまえは電話を切ってしまったんだ。どこからかけてきたかも言わなかったから、かけ直すこともできなかった」

「じゃあ、コリーも来なかったんだ」

シェーンは自信のある口ぶりで言った。

「おまえが電話してきたとき、ここにいたよ」

「ここにいた？」

シェーンはフォークを持った手をテーブルの上に投げだし、眉をつりあげた。

「僕がよんでも一度もこの家に来なかったのに」

信じられないという笑みを浮かべている。目が輝いていた。

「コリーは僕に会いにここへ来たの？　僕が帰ってこないってわかったら、彼女、なんて言ってた？」

「なにも。なんだか口数が少なくてね。なかなかリラックスできないみたいだったが、慣れてくると楽しい晩餐《ばんさん》になった。楽しんでいるように見えたと言ったほうがいいかな。少なくとも僕は楽しんだが。彼女は礼儀をわきまえていて、感じもいいし、知性もある。自分の考えをきちんと言葉にできる女性だ」

それは実感からだった。ゆうべのことがよみがえる。コリーが自分をそしりだしたとき、二人はプールサイドに立っていた。昔のシェーンみたいに水の中につきおとされなかったのは幸いだった。

「じゃあ、二人は話が合ったんだ」

シェーンは嬉《うれ》しそうだった。ニックはここで話をやめようかと思った。だが、そうはいかない。

「ああ、今度は僕が彼女の家に招待してもらうことになった」

シェーンの笑みが少しこわばった。なにげない顔をして、体をうしろにのけぞらせる。

「本当かい？　なんて言って誘われたの？」

「いつの晩にしましょうか、って」

ニックはそう言ってから、シェーンの表情が不機嫌になっていることに気づき、口をつぐんだ。焼きもちを焼いているにちがいない。少し安心させてやるか。

「だが、僕がよけいなことを言ったせいで、せっかくのいい雰囲気がこわれてしまった」

シェーンは目を険しく細めた。「なにを言ったんだ？」

「詳しく聞きたいか？」

「おいおい、思わせぶりなことを言っておいて、詳しく聞きたいかはないだろ。僕もゆうべ彼女に会ったけど、ちょうど家に帰ってきたところみたいだった。コリーが怒ってるところなんて今まで見たことないな。僕は怒らせるようなことなんかしないし。いったいどこのどいつだ、そのスカンク男は。もっとも僕もコリーも、興味があるのは小動物よりも馬の体の構造だけど」

シェーンは口のはしを曲げて、ひねくれた笑みを浮かべた。

「で、兄貴は何回ぐらい馬の尻のうしろに立ったことがある？」


馬を厩舎《きゅうしゃ》に入れ、家に入ったのはもう昼すぎだった。牛は作業員たちが連れていってくれている。暑さのせいで、朝から感じていたいらいらがいっそうひどくなっていた。そのとき、いかつい顔つきの背の高い男性が裏口に向かって歩いてくるのが目に入った。手にハンドバッグをぶらさげている。

家の角をまわってくるその姿を見たとたん、コリーはこっけいなほど胸が高鳴るのを感じた。ゆうべから尾を引いていた心の動揺も、ニックにもう一度会うことへの恐れも、全部吹きとんでしまう。外仕事用の青い格子のシャツに、はき古したジーンズ。どちらもよく似合っていて、男っぽさが際立ち、胸がどきどきしてきた。

シェーンもハンサムだが、もっと正統派の、愛《あい》嬌《きょう》のある、親しみやすい美男子だ。けれど胸を揺さぶられてしまうのはニックのほうだった。大人の雰囲気のせいだろうか。深い知識と、自分も日々やっている過酷な屋外労働の経験の豊かさなどがそう思わせるのかもしれない。ニックは若いころから大人びていた。

　ひょっとしたらニックも、私と同様、子どもらしい子ども時代を過ごしていないのかもしれない。きっと同じ匂《にお》いを感じて、知らず知らず惹《ひ》かれてしまうのかもしれなかった。

　私が男みたいな性格であることも関係あるのかもしれない。だから、ニックのような野性的な男らしさが気になるのだ。運動能力や腕力を常に男の子と競いあいながら育ってきたコリーだったが、そういう子たちに恋愛感情を持ったことは一度もなかった。自分と同じ程度の能力の持ち主に恋をするなんて考えられない。征服されたいと思っているわけではないが、心のどこかで、やはり強い男性に守られたいという願望はあった。

　なぜこんなことを考えているのだろう。ニックのせいでとりとめもないことを考えてしまった。さっさとハンドバッグを返してもらい、なにか言われたら、適当に答えておこう。なにも言われないかもしれないけれど。そしてお引きとり願い、私は家の中に入る。これまでだってニックとはほとんど会うことはなかった。いつもどおりの日々にもどるだけだ。

　汗が額を流れおちるのを感じた。真っ黒に汚れた顔に汗のあとがついたかもしれない。コリーは急いで顔に手をやり、汚れが広がらないようにそっと汗とほこりをぬぐいとった。

「あら、見つかったのね」コリーはつとめてさりげない口調で言った。「立ちよってくださって、ありがとうございました」

　暗に、すぐお帰りでしょうと言ったつもりだった。

追いはらうわけにはいかないが、早くすませたい。

家の中に入ってもらわないといけないような雰囲気になることだけは避けたかった。庭先で長々と話すのもごめんだ。話といったってなにもない。ニックがバッグを差しだすと、コリーは受けとった。

「少し話せるかな」

ニックがそう言ったとたん、コリーの心臓は鼓動を速めた。彼の姿を見た瞬間から感じていた胸の痛みが急に強くなる。せっかく無視しようと思っていたのに。ニックの遠慮がちな問いかけも聞こえなかったふりをしたかったが、それはやはり無理だった。

ニックはステットソン帽に手をやった。〝帽子をぬぐ〟というしぐさがコリーの女としての自尊心をくすぐる。ニックがその帽子を大きな太い指でもぞもぞとまわしているのを見るとなおさらだった。緊張しているのだろうか。それを知りたくてニックの真っ黒な瞳をちらっとのぞきこんだ。確かめる前に、ニックが口をひらいた。

「ミス・デイビス、ゆうべは一緒に食事ができて楽しかった。僕は間違っていた。誠意がなかったことをあやまる。だが、嘘《うそ》はそれだけだ。きみがわが家に来てくれて嬉しかったし、きみと近づきにもなれた。さっきも言ったが、本当に楽しかった。きみを傷つけたり怒らせる気はなかったんだ。だから許してほしい。心からあやまる」

落ち着いた声で言うその言葉がコリーの胸に響き、心の中を駆けめぐった。頬が熱くなり、ニックの真《しん》摯《し》な瞳から思わず目をそらす。もしこれが演技なら、ハリウッド級だ。あっというまに主役クラスになれるだろう。

「いえ……どうも」

声がしゃがれて、自分でもびっくりする。恥ずかしかった。思わず頭から帽子をもぎとり、腿にぴしゃっと叩《たた》きつけてから、コリーはしまったと思った。

これではまるで動揺したときの男のしぐさだ。片手にはハンドバッグを持っているというのに。

だが、たしかに動揺していた。ニックの謝罪は胸にせまるものがあり、〝どうも〟のひと言で片づけてはいけないような気持ちになる。彼の真摯な態度にも圧倒されていた。おかげで頭が働かない。いつもならすらすら出てくるような言葉がうまく出てこなかった。

「まだ怒ってるんだね?」ニックはそう言ったが、それは質問というより、つぶやきに近かった。

コリーは目をあげてニックを見た。いらだちがつのる。誤解されてしまったことへのいらだちだった。気がつくと、心のうちをぶちまけていた。

「ご存じないでしょうけど、私、やることが本当に遅くて、今もやっと半日の仕事を終えたところなの。怒っているように見えるなら、それは自分の不器用さによ。弟がもし私と結婚してしまったら、なんて心配されるのも無理ないわね」

コリーは帽子を振って頭にのせた。

「さあ、この話はこれでおしまい。バッグを届けてくださってありがとう。あやまってくださったことも。これで一件落着ね。それじゃもう中に入るわ。さようなら」

コリーはニックのわきをすりぬけ、大股で家にもどりはじめた。耐えがたい屈辱感に襲われていた。自分で招いたことだ。だからこそ、いっそうこたえる。限りなく自分に正直になれば、もう少しおおらかな気持ちでいられるのだろうが、そうなるためには訓練が必要だった。もっとずっと多くの訓練が。このまま地面が割れて、裂け目に落ちてしまいたいとコリーは思った。

背後から、ニックの低く男らしい声が聞こえてきたとき、コリーは巨人の指につかまれたように、ポーチの階段に足をかけたまま動きをとめた。

「ミス・コリー、夕食に招いてもらえるのを楽しみにしている」

　コリーは耳を疑った。振り返ろうか。ニックはまだわきにとめたトラックに戻っていなかったの？

　ちらっとうしろを見ると、ニックは答えを待つかのようにそこに立っていた。

「なぜ？」

「理由がいるのかい？　ゆうべは楽しかった。だからまた一緒に食事をしたい、それだけさ。だから、ずうずうしいのを承知で自分を売りこんだ」

　ニックの笑顔は男の色気に満ちていた。

「それからきみはとてもチャーミングだから。まだほかの理由もいる？　それともこれで、僕がどうしてきみに招待されたがっているかわかってもらえたかな？　料理を作るのが大変なら、車でどこかに出かけよう。コールターシティに行ってもいいし、なにかショーを見てもいいな」

　コリーは顔を前にもどした。疑いと警戒心がわきおこる。そして、結局はそれらに――信用してはいけないという思いに負けた。うしろを見ずに答える。

「明日あさってと忙しいの。その先の予定はまた電話してみて」

　コリーは階段をかけあがり、家の中に飛びこんだ。自分の情けなさが恥ずかしい。あんな態度をとり、あんな言葉を投げつけて、なんて礼儀を知らないひどい人間なのだろう。それなのに、ニックの視線から逃れることができてほっとしているなんて。彼女は家の中の雑用を片づけはじめ、夜中までその作業に没頭した。夕方の仕事はいつも手間がかかるものなのだが、やっと終えたころには、エネルギーを使いはたし、神経をすり減らして、ベッドに倒れこんだ。ありがたいことに夢も見なかった。

7

翌朝、コリーはコールターシティに行った。前から予定していたわけではないのだが、体重が安定しない二歳の子馬用に特別注文した混合飼料ができたと連絡が入ったので、どんなものか早く手にしてみたくて出かけたのだった。

　町で知り合いに会ったり、いずれ入り用になるものをあれこれ買い物したりして過ごせば、少しは気分転換になるかもしれないとも思った。きのうとおとといのことを少し距離をおいてじっくり考えてみたかった。一人で家にいても頭は混乱するばかりだ。

　いくら気持ちをそらそうとしても、気がつくと同じことばかり考えていた。ニックに忙しいと言った二日間もいずれ終わる。そう思うといっそう気持ちが落ち着かなかった。

〝その先の予定はまた電話してみて〟

　なんてうぬぼれた言い方をしてしまったのだろう！　私の手料理はたくさんの男性が待っているからとでも言っているように聞こえる。大笑いされなかったのはせめてもの幸いだった。

　ニックの言ったことなど無視してしまえばいい。それなのに、できない自分が情けなかった。ニック・メリックに会うと、どうしてこういつも心を奪われてしまうのだろう。心を奪われるなんて、自分にはまったく縁のない言葉だと思っていたが、まさしく〝骨抜き〟だった。

　自分のこれまでの人生のもととなってきた常識が、吹きとばされてしまったような気分だった。ここ一番という挑戦を前にして、臆病《おくびょう》にも逃げだしてしまったかのように。常識というかせがなくなると、頭の中にはありえないことばかり浮かんでくる。社会的地位のある男性と一緒にいても恥ずかしくないような女性になるにはどうすればいいか……などと考えている自分がいた。

　仕事柄、まわりは男性ばかりだが、今までなにも感じなかった。むろん男性と二人きりで食事をしたことはない。だから、おとといの晩は初めての経験だった。友だちが夫を連れてくるとか、牧場の仕事関係で何人かで集まるとかいうことはあった。シェーンとの食事は別だ。シェーンはただの友だちだったから。だがニックは、友だちではない。

　コリーは飼料倉庫に入り、まわりを見まわした。ニックのことを頭から追いだそう。自分でトラックに飼料を積み、そのまま次の買い物のために金物屋に向かった。店から出たとき、向かいにあるドレスショップの大きなウインドーが目に入った。

　トラックに乗りこみ、イグニッションにキーをさしながらも、目がマネキンに吸いよせられる。デニムのフレアスカートに、襟ぐりがゴムになった、肩を出して着るデザインの赤いスモックブラウス。隣は太い縞《しま》の青いサンドレス。胸のところがシャーリング仕立てになっていて、スカート部分はふわっと広がっていた。

　昔買った雑誌で見たことがあって、ああいうくしゃっと縮まった感じをシャーリングというのは知っていた。別のマネキンは、白い麻のスリムなワンピースを着ていた。袖《そで》なしだが、きちんとした印象がある。ほかには、上半身がぴったりした、パステルカラーのストライプが何色も入っているサッカー地のワンピース。ウエストのところできゅっとしまり、腰から下はゆるやかで、開放的な夏のイメージにぴったりだった。

　どれも、昔サンアントニオで買った服にくらべたらシンプルだ。だがこれが、きっと今の流行なのだろう。昔は、せっかく買うのなら長く着られるものにしようと、オーソドックスな服を選んでいたが、こうして見ると、ウインドーに並んでいる服もすてきに見える。

　セクシーな微笑《ほほえ》みを浮かべて、きみはチャーミングだと言ったニックの顔がまぶたにこびりついていた。シェーンとの一件がなかったら、きっと笑いとばしていただろう。自分は平凡だと思っていたが、ひょっとするとそうではないのかもしれないと思いはじめたのは、そもそもはシェーンのせいだ。

　ニックが電話してきたら、どうすればいいのだろう？　万に一つでもそんな夢みたいなことが起きたとして、彼とふたたび二人で食事をする勇気が自分にあるなら、服は何を着る？

　あの店に入って、近くでよくながめ、試着してみようかしら？　けれど、着るかどうかわからない服に高いお金を払うのはばかばかしい気もする。コリーはふと思った。ニックが電話してくるなんて、なにを考えているのだろう。六年前みたいに、愚かな行動に走るのはやめよう。

　電話なんかしてくるわけがない。彼のような男性が、私みたいな女のためにわざわざ時間を作るなんてありえない話だ。たしかに一度は、ずいぶん時間をさいたけれど。動機がなんであれ、結局はシェーンがからんでいた。ニックのような男性は、それなりの理由がなければ、私みたいな女に見向きもしないだろう。

　助手席の窓をこつこつと叩《たた》く音がして、コリーははっとわれに返り、横を見た。

　イーディ・ウエッブが手を振っていた。コリーはベンチシートに身を乗りだし、ハンドルをまわして窓をさげた。

「あら、イーディ。久しぶりじゃない」

　イーディはにっこりした。「私も今そう言おうとしてたところ」

「ちょっといろいろ用足しに来たの」

「こっちも同じよ」イーディはそう言って、あごでドレスショップを指した。「そうしたら、カーラ・メイの店のウインドーが新しくなっているじゃない。ちょっとのぞこうかなって思ってさ。気に入ったら着てみちゃおう」

コリーは微笑んだ。イーディは自分のところのような小さな牧場で働いている。プライベートも似かよっていた。ただし、彼女はおしゃれだというところがちがっている。

「私も入ってみようか考えてたの」

コリーはそう言ってから、顔をしかめてつけくわえた。

「ほんのちょっとだけね」

「じゃあ、一緒に入ろうよ。あれこれ試着してみない? 少しは楽しまなきゃ。そのあとお昼を食べに行こう。おごってあげる」

イーディと久しぶりに会えたのは嬉《うれ》しい。だが、あまり乗り気にはなれなかった。イーディはそんなコリーの心を読みとったのか、からかうような笑みを浮かべた。

「行こうよ、コリー。つきあって」

イーディは、一緒にいて肩のこらない友だちの一人だった。一、二着、試してみるのもいいかもしれない。イーディがどんな感想をもらすか聞いてみたいし。自分より一つ年上の女性の一般的な意見を聞くのも参考になる。なにより、イーディは正直だった。だから、作業着以外の姿を見てなんと言うか、その反応はバロメーターにもなる。

十分後、イーディにもかかえきれないほどの服を選び、コリーにも同じだけ服を渡した。コリーは気分が乗らなかったが、イーディはすっかりはしゃいでいて、その興奮がコリーにも伝わってくる。実際には買わないとしても、服を選ぶイーディを見ているだけで楽しかった。

二人は試着室を占領し、とっかえひっかえ着てみては、カーテンの外に出て、互いに披露しあった。こんなこと、初めての経験だ。

イーディとは肌の色が似ている。彼女の髪は肩までの長さだ。背格好はだいたい同じぐらい。そこで、服を交換して着てみたりもする。そろそろ一時間ほどたっただろうかと思ったら、もう三時間も過ぎていた。勢いにつられて、コリーも思わず二、三着買ってしまった。

ドレスショップを出たころには、コリーの気持ちは晴れ晴れしていた。同じ通りの靴屋にも入り、そこでもあれこれはいてみる。イーディと一緒にいると元気をわけてもらえ、自信をとりもどせそうだった。田舎っぽくて、男みたいな娘がおしゃれなんかしたってしょうがないと自己嫌悪におちいることがなかったのも、彼女の言葉やアイデアのおかげだ。買ったものをそれぞれのトラックにつめこみ、食堂に入ったのは、もう三時過ぎだった。

注文をすませ、コリーがなにげなく「まだホイト・ドノバンのところでアルバイトをしているの？」ときくと、イーディは一瞬黙った。

「今のところはね」

コリーは相手の顔を見た。なにか気にかかることがあるのだろうか。それとも、あのハンサムな牧場主にまたいらいらさせられているのだろうか。イーディはホイト・ドノバンの牧場でパートタイマーとして働いていた。だが、次々相手を替えてデートばかりしている雇い主を、いつもあからさまに非難している。

「あの人のところで働くの、きついんじゃない？」コリーはそれとなくさぐってみた。

「仕事だけに集中してくれていたら、そうでもないんだけどね」

イーディは、砂糖の袋を二つとり、中身をアイスティーに入れながら答えた。

「機嫌が悪いときもあるけど、そんなのはどうってことないの。がまんできなくなったらやめるまでよ。でも、いやなのはまったく関係のない仕事をやらされること。ボーナスなんかに目をくらませるんじゃなかった」

たしか前にもイーディは不満をもらしていた。デート用の花を買いに行かされたり、別れるときには宝石をみつくろうように言われたりと……。

イーディはため息をついた。「このあいだなんか〝別れの記念品〟を用意してくれだって」

「自分でやってくださいって言ってやればいいのに」

イーディは下を向いて、汗をかいたグラスに指で線を描いた。「だめよ。最初のうちはね、そんなふうに頼まれると、ああこの人は別れを重く受けとめて、思い出になるものを相手に贈ろうとしているんだなと考えたの。で、それはいいことですねって顔をしちゃったのね、きっと。それで彼も調子にのったってわけ。だけど、あんまりたびたびだものだから、私もいい加減いやになってきて。しょっちゅうなのよ。あまり賛成できないというようなことをそれとなくほのめかしてみたんだけど、通じなかったみたい。それでもって、ここのところ機嫌が悪いったらなくて」

「今までの仕事からははずされそうなの？」

「いいえ。それはないと思うわ。でもなんだか様子がちがうのよ。ちょっと雲行きがあやしいかも」

イーディは口をつぐみ、手をとめた。

「本当はね、こう言うと変に思われるかもしれないけど、私ってすごく役に立つ存在だと思うの。あの人には私が必要よ。どんな美人と会って、何人とデートしてるか知らないけど、結局、頼れるのは私しかいないはず。私がいなかったらにっちもさっちもいかないわよ。たぶん、彼は――」

イーディはふと言葉を切り、顔を赤くして横を向いた。

「口に出して言うと、なんだか自分がみじめになってきちゃう」

あわてて手を振り、狼狽《ろうばい》したようにコリーを見る。

「今言ったこと、忘れてね」

「わかったわ」コリーが優しく言うと、イーディはほっとした顔をし、すぐに話題を切りかえた。だが、その瞳に悲しげな色が宿っているのをコリーは見逃さなかった。彼女はホイトに惹《ひ》かれている。それも強く。つらい恋だろう。なにしろ相手は、ちゃらちゃらした派手な女性や、パーティ好きの女の子にしか興味がないのだから。

イーディはかなりの美人といってもよかった。だが、ホイトが好んでデートするような華やかな女性ではなかった。パーティ好きでもない。ホイト・ドノバンのほうも、明らかに、結婚して家庭に落ち着くようなタイプではなかったから、イーディは自分の思いを心の奥に秘めたまま、あきらめているのだろう。コリーがニックへの思いを封印しているように。

そんな思いを抱いて、週に何日かホイトのもとで働かなくてはいけないのはどんなにつらいことだろう。振り向いてもらえるはずなどないとわかっている。そのうえ、ホイトの恋人に花を贈ったり〝別れの記念品〟を選んだりする役目まであてがわれて。たとえばもしホイトが彼女の思いに応《こた》えるようなことがあったとしても、数々の女性と同じように簡単に捨てられてしまうのはわかりきっているから、なお絶望的だった。

コリーは、ホイトとはあいさつをかわすぐらいの間柄で、よく知らなかった。今の今までは。だが、イーディの話を聞いて、ホイト・ドノバンという男が話にならないほど恥知らずな女たらしだということがわかった。だが、彼女が惹かれるからには、なにか人間的魅力も持っているはずだ。そうでなかったら、貴重な時間をさいて彼のもとで仕事を続けたりしないだろう。

自分だったらどうするだろうとコリーは思った。とことん好きになってしまった相手にどこまで尽くせるだろうか。たしかに、イーディに罪はないが、もしホイトが、自分で〝別れの記念品〟を用意しなければならなかったら、捨てられる女性の数はもっと減るかもしれない。

そんな皮肉なことを考えている自分に、コリーはストップをかけた。男と女の関係などなにも知らないくせに。すてきな恋もそうでないものも、つかのまの恋も永遠に続く恋も、自分の考えることは結局は想像の域を出ない。とはいえ、イーディの告白を聞いて、彼女をさらに身近に感じた。もしかしたら自分の悩みも、イーディに打ち明ければなにかいい助言をもらえるかもしれない。

いや、それはなにか起こったときにしよう。今のところ、メリック兄弟とはなにかが起こるはずもなかった。シェーンからはおとといの夜以来なんの連絡もないし、連絡してくるとも思えない。高校生のころはよくうちに来ていたけれど、六年もたって、もうあのころのような習慣はなくなってしまった。今はいろいろと忙しいだろうし。ニックがシェーンのために考えている計画もふくめ、ふたりはうまくやっていこうとしている。私はかかわらないほうがいい。

トラックには、イーディにつられて、あるいは願望にまどわされて買った服や靴がたくさんつめこまれていた。とりあえず、教会に行くときに着られるだろう。今回は、決済日が来て小切手を切るときまでに一度は袖を通そうとコリーは強く思った。たとえ着ていく先が教会ぐらいしかないとしても。

昼食を食べおわると、イーディと別れ、コリーは家にもどりはじめた。遅い昼は夕食がわりにもなる。夕食を作らなくてすめば、洗いものもしなくていい。家に着いたのはもう六時近かった。まず買ったものを家の中に入れ、それから車を納屋にまわして飼料をおろし、夕方の仕事にとりかかった。

雑多な仕事を手早く片づけていく。それがすむと飼料をスチール容器に入れ、袋の口を切りとって子馬にやる分を量って出し、また口をぎゅっとしめた。残りの三頭の二歳馬には別の飼料を用意してある。脚の長い栗毛《くりげ》の馬は、自分にもらえる餌《えさ》だとわかっているようで、コリーが子馬の囲いに近づくと仲間から離れ、フェンスのそばに寄ってきた。

かがんで横木をくぐる。中に入って柵《さく》の支柱に寄りかかり、浅いバケツの底を横木にもたせかけて前にかたむけた。子馬はおとなしくなでられながらふんふんと匂《にお》いをかぎ、バケツの中身を調べてもぐもぐ食べはじめた。コリーは子馬の耳をかいてやりながら、食べる様子を満足げにながめ、別の馬たちにも目をやった。

家の方からトラックの音が聞こえてきた。振り返ると、ニックの青い大きな幌《ほろ》つきトラックが建物の横に到着して停止するところだった。

たちまち心臓が激しく打ち、われながらあきれ返る。このまま知らん顔を決めこむことにしよう。車からおりて裏口に向かうニックの姿を目のはしでとらえながら、コリーは胸の鼓動が信じられない勢いでどんどん高まっていくのを感じた。

電話してほしいと言ったのに……。一日目は過ぎた。でも、二日目の夜もまだ忙しいと言ったはずだ。電話もせず、わざわざやってくるなんて無駄足もいいところではないか。だいたい、こっちが応対に困る。

コリーはニックに視線を向けた。淡いブルーのシャツに黒っぽいデニムのジーンズ。とりたててどうということのない格好なのに、なぜか心が躍る。広い肩幅も引きしまった腰も、牧場では見慣れた体格だ。それなのに、なぜこんなに胸がときめくのだろう。

あのときのことがありありとよみがえってきた。彼に手を握られたときの感覚。腕に手を通したとき、白い木綿のシャツ越しにかたい筋肉が指先に触れた。背中には、がっしりとたのもしい手のひらの感触がまだ残っている。心のどこかで忘れたくないと思っているのかもしれない。思いだしただけで、あの晩にもどったように、みぞおちのあたりがうごめき、熱くなってきた。同時に、鋭い刃できざまれるようなみじめさに襲われる。

なにをしに来たのだろう？　おかしな期待に胸がふくらみそうだ。よけいな想像はするまい。

コリーが様子をうかがっていると、ニックはポーチの階段をぽんぽんと駆けあがり、裏口のドアをノックした。少し待ち、今度はコリーのところまで聞こえるほど大きな音でノックする。やがて向きを変え、いぶかしげな目でまわりを見まわしながら階段をおりはじめた。そのうち、納屋の前にとまっているコリーのトラックに視線がとまる。留守でないことがばれてしまったようだ。

コリーは息をひそめた。背の高いフェンスの柱にぴったり寄りかかっていれば、厚い横板にもさえぎられて見つからないかもしれない。ニックの視線が行きすぎ、さっともどるのが見えるようだった。コリーは観念した。

子どもだましは通じなかったわけだ。なんだかうしろめたい気持ちになる。本当は見つかりたかったのでは？　今さら飛びだしていくのも気まずかったし、歓迎するようなそぶりもできない。

　会いたくてたまらなかった。常識など吹きとび、ニックがやってきたことに心をときめかせている。だが、そんなことを毛ほども顔に出すつもりはなかった。なぜ訪ねてきたか、理由がまだわからないのだから。

　姿を見つけたニックがまっすぐこちらにやってくる。コリーは気づかないふりをした。また子どもっぽい行動をとってしまった。急に神経が張りつめ、全身が緊張し、皮膚までぴりぴり痛くなってくる。おもてに出しちゃだめよ、とコリーはそっと自分に言いきかせた。

　子馬がバケツから顔をあげ、近づいてくるニックの方を見る。コリーはしかたなく振り向いた。

　外で見るニックも堂々としていて、たくましかった。コリーは体が震えるのを感じた。厳しい顔つきを見て、一抹の不安もよぎる。

　ニックが表情をやわらげたので、コリーは少しほっとした。だが不安がすっかり消えたわけではなかった。ニックは大股で歩きながらしゃべりはじめ、話しおわらないうちにフェンスまでやってきた。

「ミス・デイビス、家にいるだろうと思って来てみたんだ。少し前にも寄ったんだが」

　ニックが二度も私に会いにやってきた？　有頂天になりそうな心を抑えつける。まさか。きっと別件だろう。

「ジェーンは来てないわよ。二、三日前に会ったっきりだわ」

「シェーンは友人たちと出かけたよ。きみに用があって来たんだ」

　しゃがれた声を聞くだけで、コリーはみぞおちのあたりがまた熱くなった。

「悪いことかしら？」

フェンス越しに見えるニックの黒い瞳に浮かんだ色を、コリーは真に受けるまいとした。見られているだけなのに、触れられているような気持ちになる。私みたいな女をだますのは、経験豊富なニックにはお手のものだろう。だが、私だってそんなにばかじゃない。

ニックはかすかに微笑んだ。「いいや。明日のことでいいアイデアが浮かんだから、きみの意見も聞こうと思ってね」

子馬が口で袖をつつきはじめた。コリーは腕をよけ、子馬をそっと向こうに押しやり、バケツを持ったまま横木をくぐってフェンスの外に出た。警戒心が先に立って言葉が出てこない。相手にもそれがわかればいいと思った。だが、ニックを見るかぎり、まるで気づいていないようだ。見通しが甘かっただろうか。

「まだやらなきゃいけないことがあるの」

コリーはそう言って、納屋の方に歩きだした。

「仕事をしながらでよければ聞くわ」

ニックはコリーの横に立ち、その手からひょいとバケツをとった。

「明日、種馬の買いつけに、サンアントニオまで飛ぶんだ。きみも一緒に行かないか？　お互いよく知りあういい機会になると思う。きみも見事な馬を見るのは好きだろう？　きっと楽しんでもらえるよ」

納屋に入ると、コリーは、ニックの黒い瞳をちらっと見た。

「なぜ？」

ニックの大きな口がほころぶ。

「きみはいつも理由をきくね」

コリーはニックの手からブリキのバケツを奪いとり、もとあった場所にしまって、黙ったまま飼料倉庫の扉をしめた。そのまますたすたとはしごまで歩いていき、広い屋根裏にあがる。むっとする熱気の中で干し草の束をむんずとつかみ、屋根裏のはしまで引っ張っていって、下をのぞきこんだ。

じっと見ていたニックが、少しうしろにさがって場所をあけた。そこに干し草を投げおとす。二つ目の束も同じように落とし、はしごにもどった。下までおりると、ニックが干し草を飼料倉庫の壁際に寄せていた。

どうしよう。どう返事をすればいいのだろうとずっと考えていたのだが、答えは出なかった。前に彼と一緒にいたとき感じたいらだちが、ふたたび襲いかかってくる。もっと鈍感になれればいいのに。

「あの、ミスター・メリック――」

「ニックだ」

ニックは間髪入れず訂正した。気を悪くした様子はない。

「たしかに私は世間知らずだけれど、自分の預金残高ぐらい把握しているし、容姿についてもわきまえているの。あなたと友だちづきあいができるような家柄でも美人でもないのよ。なぜそんなに私にこだわるの？」

ニックは黒いステットソン帽をつついてうしろにずらした。言葉をさがしているようだ。目の光を強めてコリーを見る。

「きみはほかの女性とちがっている。そろそろ僕もありきたりの女性には飽きてきたところなんだ」

コリーは目を見ひらいた。からかっているのだ。だがニックのまなざしには真剣なものがあった。それを信じていいのかよくわからない。

この三日間、頭のはしで常にぼんやりと聞こえていた古い言葉がはっきりと響きだした。語尾をのばす抑揚のない声が言う。父の声だ。

〝あのメリックの息子にいいようにされるな……。ああいう男が平凡な娘を相手にするのはろくな理由からじゃない。おまえのおばさんを見てみろ。女好きの金持ちの息子に甘い言葉をささやかれて、あとで泣きを見た……。自分ひとりの力で生きろ。ああいう男は、ほかに美人が現れたら、おまえなんてぽいと捨ててしまうにきまっている……〟

娘盛りになるにつれ、父はそういうことをたびたび口にした。親として言っておかなければならないと思ったのかもしれないが、その言葉にコリーは傷ついた。だが、まわりの男の子たちを見ているうちに、たしかにそのとおりだと実感するようになった。そして、ニックに、きみはシェーンにふさわしくないと言われたとき、それは確信に変わった。ニックははからずも父の言葉を裏づけたのだ。シェーンが〝女好き〟なのかどうかはわからない。それでも父は正しいと思ってしまった。

父の死後、その言葉はいつしか心の片隅に澱《おり》のようにたまっていった。コリーはそれに考え方を縛られた。だから、あえて父の言葉を封印し、自分らしく生きようとしてきたのだ。シェーンがもどってくるまでは。

もう何年も忘れていた言葉なのに、シェーンが裏口に現れたあの日から、また絶えず心を黒い霧でおおいはじめていた。父の言ったことはやはり真実なのだろうか？　今では少しは見聞きして、そうではない、そうでない人もいる、と思えるようになってきたが、シェーンやニックのこととなるとよくわからなかった。

ニックは低い声で返事をうながした。

「どう？」

コリーは汗でしめった手をジーンズのうしろでふき、視線をそらしたまま本心を言った。

「なんて答えたらいいかわからないわ」

「〝ええ、ニック。明日飛行機に乗るのを楽しみにしているわ〟っていうのはどう？　飛行機が苦手なら、車で行ってもいい」

あんまり楽しそうに言うので彼の顔を見ると、にこにこ笑っている。野性的な顔がますますハンサムに見えた。籠《かご》の中の鳥が羽をばたつかせるように、コリーの胸はざわめいた。

　いろいろな思いがいちどきにあふれ、押しつぶされそうになる。父の言葉が頭の中でまた響きはじめた。だが、ニックの瞳を見つめるうちに、コリーの気持ちは揺らいだ。父の言ったことが間違っているとしたら……。

　この前のシェーンのキスがぱっと脳裏に浮かんだ。今まで忘れていたのは不思議だった。それと同時に、父の言葉に対する疑いの芽が生まれた。警戒心が弱まる。

　笑いものにだけはなりたくない。だが突然、この誘いを受けたほうがいいのではないかという考えがわいてきた。はっきり言って怖い。だが、男性とのかかわりあい方に新しい道をひらくチャンスかもしれない。

　ニックとはもうこれきりかもしれないし、シェーンともこの先なにかが起こるとは思えない。けれど、私に興味を持つ男性がほかに現れることもあるかもしれないではないか。今のうちに、男性とのつきあい方をおぼえておけば、のちのち役に立つこともあるだろう。デートの経験だって少しは積んでおかないと。

　コリーはできるだけやわらかい口調で、ラフな感じになるよう気をつけながら「ええ、ニック。明日、飛行機に乗って種馬を見に行くのを楽しみにしているわ」と言った。さらに「何時にする？」とつけ足したが、声が裏返ってしまった。

　ニックはまるで頓着《とんちゃく》せず言った。

「八時でどう？」

　コリーはそれでいいというようなことを口の中でつぶやき、ニックと一緒に彼のトラックまで歩いた。

歩きながらずっと、今週はやることがたくさんあるのに牧場を離れてだいじょうぶなのだろうかと自問する。

屋根の修理は別として、馬の背や屋根裏より高いところにあがったことはなかった。それが飛行機に乗るなんて。想像もつかない。そんなことを考えているあいだは、胸の不安を忘れることができた。明日が自分の不幸のはじまりかもしれないという不安を。

8

じたばたしてもしかたがなかったが、不幸にはなりたくないので、コリーはできるかぎりの手を打つことにした。まずはイーディに電話をする。

イーディはコリーの話を聞いて興奮し、はりきりだした。電話で、着るものやらなにやらあれこれ打ち合わせをする。翌朝イーディは、地味な色づかいの化粧品を持って六時半にやってきた。

化粧の仕方についていろいろ迷っている時間はない。過ぎたるは及ばざるがごとしということで、二人の意見は一致した。うっすらとアイシャドーを塗り、目元をぱっちりさせる程度にマスカラをつける。口紅はべったり塗らないように注意した。

「言ったとおりでしょ。インディゴブルーのジーンズとシャツは、あなたの青い目をいっそう青く見せるのよ」

イーディは得意げに言った。

「なのにあなたったら、その服に合わせる貝の形のベルトとアクセサリーを、もうちょっとで買いわすれるところだったんだから」

銀のベルトとシンプルな銀のネックレスと、それからベルトとおそろいの貝の形のブレスレットも買っておいてよかったとコリーは思った。靴は、歩きやすい黒のブーツにする。種馬を見るとなると、納屋か家畜小屋に入るだろうと思ったからだ。

いつも家で着ているような服はやめなさいよとイーディに言われたのだが、上下をインディゴブルーでそろえてシルバーのアクセサリーをつければ普段よりはおしゃれだし、女らしい雰囲気も出せて、なおかつかたくるしくないと、イーディも賛成した。これならニックの小さな飛行機の中でもリラックスできるだろう。

それに、あまりに慣れない格好で長時間過ごすのはいやだった。あとは、やたらと目をこすったり、ブレスレットをどこかに引っかけたりしないよう気をつければいい。

そうそう、ハンドバッグにも要注意だ。とりあえず、財布はジーンズのうしろのポケットに入れることにする。バレッタも一緒に押しこむ。髪を束ねたくなるかもしれない。イーディは、髪を長くおろしておいたほうがいいと言った。バレッタでとめるのもだめだと言う。

「あーあ、私も髪を切るんじゃなかった」

イーディは、コリーの髪のもつれを直しながらつぶやき、一歩さがって全身をながめた。

「すてきよ、コリーナ・ジーン。私も、あなたにあやかって気合いを入れておしゃれをしようかな」

コリーはおどけて照れかくしに目をくるっとまわし、それから真面目《まじめ》な顔でイーディをまっすぐ見た。

「すてきなのはあなたよ、イーディス・ラジーナ。そのままでも十分ね」

コリーは、自分もクリスチャンネームで呼び返し、にっこりした。

「いろいろありがとう」

「どういたしまして」廊下に出ようとしてイーディは「おっといけない」と声をあげ、急いでドレッサーになにかをとりにもどった。「このアイシャドーを持っていきなさい。コンパクトも。うっかり目をこすっちゃったら、トラックのミラーで直すわけにもいかないでしょ。トラックといえば、ニックが来る前に私は退散しないと」

二人は寝室を出て階段をおり、キッチンに向かった。イーディはさっさと裏口のドアをあけ、そこで振り返った。

「五時までに連絡がなかったら、私、ここへ来て、あなたの仕事をやっておくから」

「もっと前に帰ってると思うけど。でも、ありがとう。ほんとに助かったわ」

イーディはにこっと笑った。

「このぐらい平気よ。楽しんできてね」

「なるべくね」

イーディはドアをしめた。車が走りさって十分もしないうちに、敷地内に別の車が入ってくる音が聞こえてきた。コリーは表側の窓からそっとのぞいた。ニックのトラックがスピードを落とし、車をUターンさせてとまった。

ニックが外に出てきた。ロイヤルブルーのウエスタンシャツにループタイをしめ、黒っぽいジーンズをはいていた。二人ともブルーを身につけたわけだ。喜ぶべきかどうなのか、コリーはよくわからなかった。

廊下の物入れに駆けよって黒のステットソン帽をとる。それから急いで玄関にまわり、帽子とハンドバッグを玄関の台の上に置いた。緊張して手が震えている。弱気になる前に、コリーは思いきってドアノブに手をかけた。

ドアをあけたとたん、ノックをしようとしていたニックがそこにいて、コリーはぎょっとした。驚いたように見ひらかれた黒い瞳を見て、顔が赤くなるのを感じる。心臓の鼓動はどんどん高まってくる。やがてニックは、振りあげたままだった腕をおろし、さっとステットソン帽をとった。

瞳の中の驚きが、異性を見るまなざしに変わる。視線がすっと下におり、また上にあがって、まっすぐ彼女の目をのぞきこんだ。

「晴れた日の山あいの湖みたいに青くて澄んだ目だ。すごくきれいだよ」

コリーの心臓はのどから飛びだしそうになった。驚きと嬉《うれ》しさと、そしてとまどい。ニックの顔をまともに見られなくて視線をそらす。だが、思わず吹きだしてしまった。恥ずかしさに体じゅうがかっと熱くなる。ニックが笑いをふくんだ声でなにか言うのが聞こえてきた。

「なに？　なにか変なこと言ったかな？」

見ると、顔も笑っている。コリーが不審げな目を向けると、ニックは笑顔を引っこめた。

「いえ……別に」

照れもあって頬がゆがみ、コリーはあわてて普通の顔をしようとした。まるで子どもみたいな顔になってしまう。

「ただ……ちょっと……大げさすぎると思って」

「こんなふうに言われたことがないのかい？」

信じられないといった声の響きに、コリーの胸はちくりと痛んだ。無理に笑顔を作る。

「弟さんがどこでお世辞を習ったのか、よくわかったわ」

「本当のことだ。お世辞と思われるのは心外だな」

コリーはニックの顔にちらりと目をやり、また横を向いた。

「いいのよ、無理しないで」

「無理？　ほめ言葉のこと？」

コリーが答えようとすると、ニックはさっと話題を変えた。

「よし、準備ができたら出発しよう」

コリーは内心ほっとした。ほめられるのも、あれこれ言われるのも苦手だ。

「ええ」

コリーは体の向きを変えてステットソン帽をつかみ、ハンドバッグも持って玄関の外に出た。ニックはドアをきっちりしめてから、彼女の腕をとって、トラックまでエスコートした。長袖《ながそで》のブラウスの上から、ニックの力強い指の感触が伝わってくる。コリーの腕は震え、全身がほてりはじめた。体の芯《しん》が渦をまいているような感じがする。息が荒くなった。

玄関でなにもかも台なしにしてしまうところだったのでは？　もう絶対あんな子どもっぽい笑い方はするまいとコリーはひそかに誓った。今日一日、私を誘ってくれた男性がいる。自分は決して美人ではないが、イーディのおかげで、最高に見栄えよく変身することもできた。一週間前までは想像もしていなかった今日のこの日を大切に過ごさなくては。

いい加減、大人の女としてのふるまいを身につけるべきだろう。ティーンエイジャーではあるまいし、いい年をしてはにかんでばかりはいられない。ニック・メリックに私を傷つける意図はないみたいだし、見下すそぶりも感じられなかった。世慣れた人だから、私が、普段つきあっているような優雅な女性たちとはちがうということぐらい承知しているだろう。

仕事の用に連れていくというのは、私を信頼している証拠だろうか。私以上に私のことを信じているのかもしれない。私のせいでなにか困った事態が起こるとは、これっぽっちも考えていないようだ。その信頼を裏切るはめになりませんように、とコリーは祈った。

ニックはトラックの助手席のドアをあけ、ひじを支えてコリーが乗りこむのを助けた。コリーは、もう少し腕を組んでいたかったと思いながらシートに身をすべらせた。ニックがばたんとドアをしめる。コリーはステットソン帽とハンドバッグをわきに置き、シートベルトに手をのばした。ニックが運転席に乗りこんでベルトをしめ、コリーににっこり笑いかけた。

「コリー、一緒に来てくれてありがとう」

コリーがささやくような声で「誘ってくれてありがとう」と返事をすると、ニックは一瞬瞳を輝かせ、それから前に向き直って車のギアを入れた。

メリック牧場まで来ると、そのまま滑走路に車をまわす。ゆうべから迷っていたのだが、私が自分の車で直接この滑走路まで来れば、もっと手間がはぶけたのではないだろうか。

生まれて初めて飛行機に乗る瞬間がせまってきていた。緊張してくるが、それを悟られたくない。ニックは操縦資格を持っているらしかった。落ち着きはらった姿を見ているうちに、コリーの気持ちもリラックスしてきた。飛行機が離陸すると、ニックの深みのある声がヘッドセットから聞こえてきた。

「もうすぐきみの牧場だ。下を見てごらん」

そう言って機体をかたむける。コリーは胃がひっくりかえりそうになるのをがまんして下をのぞいた。道路が見える。太陽の位置から計算して目印をさがした。敷地の境界のフェンスはどこだろうか。

うまく見つけられないのではないかと心配したニックが、地上に見えるものをいくつか説明してくれた。空から見る景色は普段とまったくちがう。とまどっていたので、コリーはありがたく思った。やがて自分の家が見えてきた。納屋も家畜小屋もある。地上で見慣れた景色と上から見おろす景色が一致した。こうして見ると、ずいぶん小さい牧場だ。メリック牧場とは比較にもならない。

デイビス牧場のはずれまで飛ぶと、ニックは飛行機の向きを変え、サンアントニオをめざしはじめた。コリーの胃もようやく落ち着き、飛行機特有の振動にも慣れてくる。

飛行機がサンアントニオ近くの小さな公営滑走路に着陸すると、ようやく固い地面に立てることにコリーは胸をなでおろした。ニックは、コリーが顔をこわばらせて怖がっている様子や、質問してくる内容を楽しんでいたようだ。コリーの顔に浮かんだ安堵《あんど》の色を見て、くすくすと笑いをもらした。しばらく滑走路を走り、飛行機のエンジンを切る。

「いつもよりちょっと揺れたかな。これで懲りたりしないでくれよ」ニックはそう言った。「帰りはもっとスムーズなフライトにしよう」

コリーは笑顔を作った。あまり気が進まなかったことを見抜かれてしまったようで、なんだか申し訳ない気持ちになる。

「あなたの操縦のせいじゃないわ。それに、ながめはよかったし」

「そのうち慣れてもらえるかな」

ニックがそう言うのを聞きながら、コリーは、ふたたび彼と一緒に飛行機に乗ることがあるのだろうかと考えた。ニックはヘッドセットをはずし、コリーのも受けとった。

ニックは先に飛行機からおりた。それから、コリーが帽子をかぶり、ハンドバッグを肩にかけるのを待って手を差しだした。地面に足をつけるまではよかったのだが、ニックが手を離したとたんコリーはぐらっとよろめき、あわてて彼の腕にしがみついた。ニックがさっと前に身を乗りだし、コリーのあいている方の手をつかんだ。顔と顔が向きあう。めまいはすぐおさまり、ニックに支えられたおかげで、体のバランスもとりもどした。

「ごめんなさい。変なところに足を乗せちゃったのね」

　離れようとすると、ニックはコリーの腰に腕をまわして引きとめた。彼女は驚いて顔をあげた。

　ニックはじっと黙ったままだった。コリーは彼の険しい表情に一瞬ひるんだが、そのとき、自分を見おろす黒い瞳が今までどおり輝いていることに気づいた。

　むきだしの電線に触れてしまったように、体の奥に震えが走り、次いでかっと熱くなる。腰を支える指には力がこもっていたが、優しさも感じられた。包みこまれるような力に男性のたくましさとあらがえない強さを感じ、女としての自分がよろめきそうになる。ニックはかすれたしゃがれ声で言った。

「いつかこうなる予感がしていた」

〝こうなる〟？　いくら世間知らずで経験にとぼしいとはいえ、ニックの言葉の意味はコリーにもわかった。恐れと期待に胸が震える。少し力をこめて体を動かすと、ニックは、今度はすんなりと手を離した。ほっとしたのかがっかりしたのか、コリーは自分でもよくわからなかった。

　二人は格納庫に向かって歩きだした。コリーが化粧室を見つけて入り、気持ちを落ち着かせてから出てくると、ニックは予約して運ばせてあった車の書類にサインをしているところだった。キャデラックだ。内装まで革張りの高級車に、思わず驚嘆の声をあげそうになる。

　目的地の牧場まで十分走り、牧場の入口からさらに五分ほど進んで、やっと母屋と厩舎《きゅうしゃ》が見えてきた。車寄せに入っていくと、オーナーが出てきて二人を出迎えた。背が高く、痩《や》せていて、平凡なカウボーイといった服装だ。コリーはなんとなくほっとした。

「メリック、よく来てくれたな」

牧場のオーナーがステットソン帽をとると、はげた頭が顔を出した。

「そちらの美しいご婦人は？」

ニックは二人を引きあわせた。

「ミス・コリー、こちらはコルビー・ブレイク。コルビー、ミス・コリー・デイビスだ」

「やあどうも、ミス・コリー。わが牧場へようこそ。よくニックと一緒に来てくれた。いや、ほんとによく来てくれた」

コリーはにっこり微笑《ほほえ》み、差しだされた手を握って、どうもというようなことを口の中でつぶやいた。

種馬用の小屋まで歩いていくものだと思っていたのだが、近くにとめてあるカブリオレタイプのピックアップ・トラックに案内される。座席はベンチシートになっていて、コリーは二人の男性にはさまれる形で座りながら、頭越しにかわされるクオーターホースや繁殖の話を聞いていた。まわり道をして、家畜囲いや、馬を放してある牧草地のわきを通って走っていく。コルビーはところどころで車をとめ、馬の説明をした。

コリーはまったく話に集中できなかった。ニックの腕がシートの背もたれにかかっている。自分の腕は彼のわき腹に触れていた。体の温かみが伝わってくる。こうやって触れていることを素直に嬉しいと思えば、緊張の糸もほどけていくのがわかった。とけてしまいそうな気持ちだった。恋人なら誰に対してもこういう気持ちになるものなのだろうか？　それとも、ずっと前から思いを寄せているニックだから？

彼がいったい私のなにに興味を持っているのかわからない。だが、それが永遠に続くとは考えられなかった。だから、いっそうすべてに敏感になってしまうような気がする。経験がないことも理由だろう。

そしてまたコリーは思った。もしかしたら、手をのばしても届かない相手だからこそ、強く惹《ひ》かれてしまうのかもしれない。

よそよそしかった父との関係をコリーは思いだした。自分がニックに惹かれるのは、ニックと父が、一歩離れたところから私を見ているという点で似ているからかもしれない。私は過去の傷をなぞり、今度こそ失敗するまいとしているのだろうか。うまくいくわけはないのに、なぜわざわざそんなことをしているのだろう?

本来の自分なら、そんなことはしない。いや、できないと思う。それなのに、いつもよりずっと物事をはすにかまえて見てしまうのは、プレッシャーや、あまりにも慣れない状況のせいかもしれない。ニックがそばに近寄るだけで、鉄くずが強力な磁石に引きよせられるように、どうしようもなく体が反応してしまうのだ。

コリーはそんな気持ちをどうかしていると振りはらい、無視することにした。外の景色に目をやり、白ペンキの柵《さく》の中にいる美しい馬たちをながめる。

やがて種馬小屋に着くと、ニックはさっきと同じように、トラックからおりるコリーに手を差しのべた。そして、彼女の腰に腕をまわし、歩きはじめる。

外の明るさに反して、小屋の中の照明は暗く、目が慣れるのに時間がかかった。やがて、ビルの四階ほどの高さがある場所だとわかってくる。種馬はつやつやした毛並みの栗毛《くりげ》で、クオーターホースは絵から抜けでたような美しさだった。

その馬は、係の人間が手綱に調馬索をつけるあいだじっと動かず、そのままおとなしく外に引きだされていった。だが、円形の囲いに入ると、とたんに元気を見せた。元来、活力のある馬なのだろう。大きな体で、一見性質がよさそうに見える。だが、種馬の性格を見分けるのはむずかしいということをコリーはよく知っていた。だから自分の牧場では飼わない。ただでさえ人手が足りないのに、エネルギーのありあまった、行動の予測がつかない種馬を手元に置く余裕はなかった。運動や訓練にさく時間もない。コリーの牧場では、繁殖は種付け料を払ってほかに委託していた。

メリック牧場には従業員が大勢いる。だからそんな心配とは無縁だろう。コストのかかる馬を気兼ねなく買えるだけの資金も豊富にある。それに見たところ、この種馬は値打ちがありそうだ。メリック牧場では一級の馬しかあつかわない。この馬ならニックのおめがねにかない、商談も即成立することだろう。

コリーもいちおう品種などには興味を持っていたが、どちらかというと血統や外見よりも、労働能力で馬を判断することが多かった。だから、この馬も、実際に鞍《くら》をつけて動かしているところを目にしたかった。

それでも、大きな馬が合図や命令に反応するのを見るのはとても楽しいものだった。コルビーとニックはあれやこれや話しあっている。つやのある毛が日の光に輝き、赤みがかった皮膚は、小石の上を流れる小川のように、隆々とした筋肉をおおっていた。

女性の声がして、長々と話を続けていたコルビーが言葉を切った。コリーが肩越しに振り返ると、背の高いブロンドの女性が、家畜囲いの真ん中をつっ切る通路を歩いてこちらにやってくるのが見えた。

女王様然とした雰囲気だった。吸いこまれるような青い瞳が、的に命中した矢のように、ニックにぴたりと張りついている。フェンスのわきでニックと並んで立っているコリーの存在に気づかないはずはないのに、まったく無視していた。

「いらっしゃい、ニック。今日あなたが来るってパパから聞いてたわ」

わき目もふらずニックの前までやってきたその女性のために、コリーはぎこちなく場所をあけた。ブロンドの女性はニックの腕をとり、彼の体を自分の方に引っ張った。頬に軽くキスするのかと思えば、いきなりニックの唇に自分の唇を押しあてる。それは、とても自然で慣れたしぐさだった。

9

二人にはそんなムードがあった。人目もはばからず、堂々とキスをしている。まだ離れようとしない。コリーは自分が腹を立てていることに気づいてはっとした。

嫉妬《しっと》？　こんな気持ちは初めてだった。胸がかきむしられるように熱くなる。今までだって、望んでも、しょせん手に入らないとあきらめたものはいくらでもあった。けれど、これほど切ない気持ちになったことはない。

こういう女性がニックの好みなのだと見せつけられたようで、それがショックだった。自分とは全然ちがうタイプだ。黄色のブラウスに、高級そうなブランドもののジーンズ。どことなく垢抜《あかぬ》けていて、まるでオフの日のファッションモデルみたいな雰囲気がある。

　肩にかかる、シルクのようにつややかなブロンドの髪。すきとおるように美しいばら色の肌。ニックの精悍《せいかん》なあごを包む指は、ほっそりとしなやかで、きれいにマニキュアがほどこされていた。外の仕事はもちろん、きっと台所仕事もしないのだろう。

　本当はほんの数秒ほどのキスだったのかもしれない。けれどコリーには永遠に続くように思われ、ニックが彼女から体を離したときには、心の底からほっとした。種馬を見ていたふりをする。幸いコルビーはうしろの方にいたから、顔を見られていないだろう。

　ブロンド美人があらあらといった口調でなにか言った。はっとして目を向ける。彼女はニックの下唇についた口紅を指でぬぐっていた。それも一種のキスのしぐさに見えた。微笑《ほほえ》み返すニックを見て、コリーはおだやかな気持ちではいられなくなり、また顔をそむけた。

「この人は？」

　その女性がようやくコリーに視線を向け、さぐるような目つきをしながら言った。

「あなたのところの使用人？」

　声にとげがあった。コリーはにっこり微笑んでみせた。少なくともそうしたつもりだ。厩舎《きゅうしゃ》の掃除係と言われないだけいいのかもしれないが、見下されたことには変わりない。ここに入ってきたとき、ニックの腕がコリーの腰にまわされていたのを見ていただろうから、いやみを言ったのだろう。

　こんなことは前にもあった、とコリーは思った。作業をしていたときか、商売の取り引きをしていたときだったか、男性たちから似たようないやがらせを受けたことがある。若い女が牧場を経営していることや、女が男と肩を並べて仕事をしていることをおもしろく思わない連中だった。あのときと同じだ。皮肉は無視するのが一番。毅然《きぜん》としていよう。

　コルビーに紹介されるのをおしまいまで待たず、コリーは一歩前に出てさっと右手を差しだした。その様子に圧倒されたのか、コルビーの言葉がとぎれる。ブロンドの女性はつられて思わず手を出した。

「いいえ。ただの隣人です」

　相手の手を握りながらコリーは笑顔で言った。

「コリー・デイビスです。あなたは？」

「セリーナ・ブレイクよ」

　相手の女性はそれだけ言うと、すぐ手を引っこめた。青い瞳に憮然《ぶぜん》とした色を浮かべ、つんと横を向いてニックを見る。それから、まるで興味がないといった顔でおざなりにつけくわえた。

「お会いできて嬉《うれ》しいわ」

　いかにも心のこもっていない言葉だった。お互いさまだから別にかまわない。だが明らかにこちらの分が悪かった。どう考えてもブロンドの美女にたちうちできるわけがない。

　コルビーが、もどる前にすぐそこの納屋にいる雌馬も見ていかないかとニックに声をかけた。いい馬なんだと誘う。女性二人はうしろの座席に乗ることになったが、セリーナはすぐに前の座席に身を乗りだして父親とニックのあいだに顔を出し、走っているあいだじゅうずっと、ニックに買われていくのは私の〝ベイビー〟で、どんなにかわいがっていたかを話しつづけた。

　メリック牧場に招待してよと甘えるように言うのを聞くうちに、コリーは無性に腹が立ってきた。こんなふうにねだるなんて、自分には決してできない。ニックはうまく言葉が見つからず、そのうちにと答えていた。本当に招待するつもりなのかもしれない。セリーナ・ブレイクとニックの関係がきのうや今日のものでないことはもう明白だった。

　セリーナのように美人で、好き放題にふるまうことに慣れた女性は、きっとどんな男性も自分の意のままにできるのだろう。相手が経験豊富で世慣れたニックであろうともおかまいなしのようだ。それにセリーナは、快活で華やかで、非の打ちどころのない美女だった。世慣れていようがなかろうが、彼女の魅力にあらがえる男性など、世の中に存在しないにちがいない。あんなふうに見つめられたら誰でもきっとひとたまりもないだろう。けれどももし、傲慢《ごうまん》で、人の心をあやつることにたけたこの女性に、ニックまで骨抜きにされているのだとしたら、私は彼に失望するだろう、とコリーは思った。

　母屋にもどってくると、コリーはバッグを持って車をおり、三人のうしろについて堂々とした平屋建ての屋敷に入った。これから昼食をごちそうになるらしい。めいめいが手を洗って居間にもどると、コルビーがコリーに腕を差しだし、ダイニングルームにエスコートした。ニックとセリーナもあとに続く。

　ダイニングルームは、屋敷のほかの部分と同様、ぜいたくな造りで、優雅な南西部風の装飾がほどこされていた。ため息が出るほどすばらしい。けれど、おごそかな気分にはならなかった。隣にセリーナがいるせいかもしれない。父親のほうは気さくで愛想のいい人物だった。これだけの屋敷に暮らす資産家でありながら、横柄なところがなくて好感が持てる。セリーナは父親に似なかったようだ。

　コルビーとセリーナは長いテーブルの両はしの席についた。ニックとコリーは中央に向かいあって着席する。ちらっとニックに目を向けると、目くばせでもするみたいに、黒い瞳が嬉しそうに輝いた。

　ニックの目は〝ちょっとの辛抱さ〟と言っているように見えた。勝手な解釈だろうか。セリーナをこころよく思っていないことを気づかれてしまったらしい。だが、それをとがめるそぶりは見受けられなかった。屋敷の主《あるじ》には気づかれていないといいのだが、とコリーは内心思った。セリーナに失礼な態度をとるつもりはない。ニックの信頼を裏切るような真似《まね》はしたくなかった。

コルビーは人の話を黙って聞いていられない性分らしかった。コリーはどちらかというと話すより聞くほうが好きだったので、喜んで聞き役にまわる。とはいえ、質問攻めにされてたじたじとなった。本当にそんなことを知りたいのだろうかと思うことまで尋ねてくるのだ。

食事もひととおり進んだころ、コリーは、コルビーのような一流のブリーダーにこちらからも質問を向けてみようかと思いはじめた。一つ悩んでいることがあるから、意見を聞いてみたい。彼の長い話を中断させることもできるし、そのあいだに食事をたいらげてしまおう。

「特に問題はないのに体重が安定しない馬って、今までにいましたか？」

コルビーは身を乗りだし、そんな馬はどうしたらいいか、持論をぶちはじめた。

おかげでデザートをゆっくり食べることができた。コルビーの話が一段落すると、今度はセリーナが口をひらいたが、話題はもっぱら自分のことかニックのことばかりだった。食事が終わり、書斎へ移動する。コーヒーを飲みながら、男性二人は種馬をメリック牧場に移送する手はずをまとめた。

コルビー親子に送られながら、とめてある車にもどったのは二時過ぎだった。コルビーはコリーに、またいつでも好きなときにいらっしゃいと誘った。セリーナとニックは運転席のわきでなにやらたわいのない会話をかわしている。コリーはそれを無視し、コルビーに、お世話になりましたと礼を言った。

やっと帰れる。コリーはほっとした。われながらよく耐えた。セリーナにしろ、やたら愛想がよくて話好きな父親にしろ、あの二人にくらべたら、ニックと二人きりのほうがまだ楽だった。

「すっかりコルビーに気に入られたようだね」

声をかけられてコリーが横を向くと、ニックは前を見たままかすかに微笑んでいた。

「いつでも好きなときにって、あれはお愛想じゃないな」

「聞いてたのね」コリーは言った。ニックがこちらを気にしていたことを知り、そんな自分にあきれながらも、ひそかに嬉しく思う。セリーナの鼻を折ってやった気分だ。

「ずいぶんりっぱな人ね」

「きみが好きになったのさ。それから、さっきのキスのことだけど、悪かった」

ニックは真顔になった。

「彼女とはつきあったことがある。だが、過去の話だ」

コリーの心は躍った。だが、舞いあがってはいけないと自分をいましめる。

「別に気にならないわ」

ニックが振り向くのがわかった。

「ほんとに？」

顔が赤くなるのが自分でもわかった。無理して強がっているのを気づかれてしまっただろうか。けれどニックは、くぐもった笑いをもらしただけで顔を正面にもどした。話がそこで終わったことにほっとする。ほかにどう答えようがあるだろうか。ニックとセリーナ・ブレイクがよりをもどそうがもどすまいが、自分が口を出すことではない。夢が現実にならないかぎりは。ニックがなぜあんなことを言ったのか深く考えたくもなかった。

やがてコリーは、車内にどこかぎこちない空気が流れはじめたのを感じた。それはしだいに強まっていく。車と飛行機とトラックを乗りついで家までもどる道すがら、視線をかわすたび、微笑を向けるたび、あるいは相手の体に触れるたび、その一つ一つが、ささいなしぐさも、なにげない動作も、もはや今までとはまったくちがうものに変わっているように思えた。

　幹線道路からデイビス牧場へ向かう道に車が入ると、かろうじて続いていた、あたりさわりのない会話がとうとう途絶えた。ときには話がはずんだ瞬間もあったのに、ニックのような人物が好むしゃれた会話にならなかったことをコリーは少し悔やんだ。

　今日一日一緒にいれば、お互いをよく知りあえるだろうとニックは言った。けれど、私なんかのことを本当に知りたいと思っているのだろうか。前ほどではないが、自分は相変わらずニックに打ちとけられないでいる。それなのにニックは、驚くほど私に心をひらき、気にかけてくれていた。私よりもずっと彼にふさわしいデートの相手は、ほかにもいくらでもいるだろうに。

　牧場の母屋が見えてきた。早く家に入り、着替えて仕事にかかりたいとコリーは思った。日常が恋しい。やはり身の丈に合うことをするのが一番なのだ。とりたてて自慢できるものがなくたって、男性の目を引く美女じゃなくたって、できる仕事がある。

　寝る前にどこまで今日の分の仕事をこなせるだろう。頭の中はもうそのことでいっぱいだった。いっそのこと、くたくたに疲れはててしまいたい。そして、突拍子もない望みを頭から追いだしてしまいたい。だが、今日の出来事は忘れられそうにもなかった。トラックが玄関に近づいてとまるやいなや、コリーはシートベルトをはずし、所持品をかき集めてニックに微笑みを向けた。

「今日は誘ってくれてありがとう。一緒に行けてよかった。じゃあ、あまり遅くなっても悪いから」

ニックに顔をのぞきこまれ、笑顔がしぼむ。

「それに、仕事が残ってるの」

黒い瞳がなにか言いたげにこちらを見つめている。

コリーはとまどい、握りしめたステットソン帽に視線を落とした。なにか気を悪くさせるようなことを言っただろうか。

「で、でも、もしよかったら、少し寄っていく？　アイスティーをお出しするわ。コーヒーでもいいし」

これで挽回《ばんかい》できただろうか。おそるおそるニックの顔を見る。

「すぐ準備できるから」

ニックの形のいい口元がにやりとあがった。

「僕も仕事を手伝おう。そのあと、夕食を食べに行かないか」

ニックは低い声で静かに言った。コリーの胸は激しく打った。

あいまいに首を振る。

「今日一日ずっとつきあってくれたんだもの。もう十分よ。これ以上なにかをお願いするなんてできないわ。ましてや仕事なんて。だいいち服がよごれるでしょう」

ニックはおかしそうに笑い、コリーの手をとった。コリーは心臓がのどから飛びだしそうになった。

「僕がここに残って、きみを夕食に誘うのがそんなに迷惑なのかい？」

声がかすれている。

「それとも、キスされるのがいやなのかい？」

コリーはあわてて目をそらせた。とまどいと興奮が泡立つように全身を駆けめぐる。どうしよう。シートベルトのはずれる音が聞こえた。はっとして顔をあげると、ニックのたくましい体がせまってきた。手を握られているので逃げることはできない。ニックは反対の手でステットソン帽をとり、それが床に落ちるのもかまわずコリーを引きよせた。コリーの息はとまった。

心臓がさらに激しく打ち、ふいに怖くなる。コリーが思わず顔をそむけようとすると、ニックがそっと唇を押しあててきた。はっとするほどの優しさに、コリーはしばらく金縛りにあったように動けなくなった。目を大きく見ひらいている自分に気づき、あわててまぶたをとじる。けれど次の瞬間には、もう見栄えなどどうでもよかった。ニックの唇が触れたせつな、体の奥底でなにかが破裂し、それが快感の波となって指先にまであふれだした。

知らぬまに夢中になっていた。唇をとじるかあけるか迷う余裕もなかった。シェーンにキスされたときとはちがっていた。頭がぼうっとし、体じゅうが息もできないほど熱くほてっている。

コリーは無意識に腕をあげ、ニックの引きしまった頬に触れた。ステットソン帽とバッグが床に落ちたことにも気づかなかった。ニックはゆっくりとコリーを引きよせ、力強い腕の中に抱きすくめた。さぐるような優しいキスが、しだいに荒々しさを増してくる。

キスは急速に理性を失っていった。理性を失っていたのはコリー自身だったのかもしれない。コリーはただひたすら、世の中にこんなにすばらしいものがあったことに驚き、求めつづけた。もっと味わっていたい。いつまでも。体の力が抜けていく。ニックのたくましい腕に抱かれていなかったら、このまままくずれおちてしまいそうだった。無我夢中でしがみつき、彼の唇や舌に反応する。理性の吹きとばされたコリーは大胆になった。

つつしみなど、もはや残っていなかった。この喜び以外になにかを感じられる感覚が残っていたとしても、つつしみをとりもどすことはできなかっただろう。いや、とりもどしたいとすら思わなかったはずだ。

それどころか、欲望が体を支配していた。こんなふうに触れられることを今までずっと待っていたのかもしれない。想像とはまるでちがっていた。一つにとけあう感覚。めくるめく瞬間の中で、キスでつながれた相手にすべてをゆだねていることの喜びに、体じゅうがとろけていくような感覚に襲われる。

このままどうにかなってしまいそうだと思ったとき、むさぼるようなキスが落ち着きを見せはじめた。燃えあがった炎が小さくなっていく。コリーはおだやかなキスにうっとりと身をまかせ、余韻を味わった。

やがて唇が離れた。コリーは乱れた息を整えようとした。自分たちのいる場所を思いだすのにしばらく時間がかかる。そのときふと気がついた。ニックのかたわらで自分は安らぎを感じている。ニックが叩《たた》きこわしてくれたつつしみという壁は、もう二度と二人のあいだに立ちふさがることはないだろう。確信に似た気持ちと、ニックと一つになれたという思いが強くせまってきた。

たくましくて、温かくて、安らぎを感じさせてくれる腕。まるで暖炉のぬくもりの中にいるように心地よく、このままずっと、がっしりした胸に抱かれていたくなる。

「ここにいて、きみの仕事を手伝ってもいいかい？」

ニックが髪に鼻をうずめ、頭のてっぺんにキスをしながらそうきくと、コリーの体にまた温かな喜びの波がわきおこった。こんなふうに愛撫《あいぶ》されることがたまらなく嬉しかった。

「ええ」

コリーはほとんど反射的にささやき声で答えた。

不安だった。ニックが帰ったとたん、すべてが――起きたこともその意味も、蜃気楼《しんきろう》のようにはかなく消えてしまい、もう二度と手にすることができなかったら……。

「そのあと、夕食もつきあってくれるかい？」

「いいわ」コリーはそう言ったが、蚊の鳴くような声だったので、ニックは体を起こし、顔を赤くしているコリーをのぞきこんだ。

「なにか問題でも？」

照れて変な笑い方をしそうになり、コリーの口元はひきつった。

「別に……問題はないと思うわ」

「僕もそう思う」

ニックはにやっと笑った。

「僕がそれ以上のことを求めなければね。仕事のあとの話だけど」

思わずはにかんだ笑みをもらしてしまった。コリーは横を向き、体を離した。本当はそのままでいたかったのだが、愚かしい自分の気持ちをコントロールできなくなりそうで怖い。喜びと、はてしのない希望を胸に抱きながら、空に舞いあがるような気持ちだった。

そして愛情も。誰かをこれほど強く愛したことは今までなかった。ニックを愛している。ニックだけを愛している。心のどこかでとまどいながらも、ニックへの思いは激しく、とめられなかった。

二人は家に入った。コリーは、コーヒーメーカーのスイッチを入れてから急いで二階にあがり、着替えて髪を編んだ。そして、もつれるような足どりで階下におりた。一秒でも離れていたくない。そんなふうに思っている自分にあきれる。それでも、体を包む余韻に酔いしれていたコリーは、一刻も早くニックのかたわらに飛んでいきたかった。

10

まるで雲の上を歩いているような気分だった。いつもしている仕事なのに、手順がよく思いだせない。なにかやり残していないか、終わったあとでもう一度こっそり確認したほどだ。

コリーが服のことで悩まなくていいように、ニックは〈デイリー・クイーン〉でハンバーガーを食べようと提案した。ただし、出かける前に、編んだ髪をほどいてほしいと言う。きみはそのほうがすてきなんだから、とニックは理由を説明した。

「やわらかい髪だ。まるでシルクみたいだね」

ニックは手ざわりを楽しむように、コリーの髪に指をすべらせた。ブラシをとって、とかしはじめる。コリーはとろけそうな気持ちになり、流しのはじにつかまった。

コリーはまだ夢うつつの状態だった。ニックはコリーを振り向かせ、抱きしめて唇を押しあてた。頭の中がまた真っ白になる。抵抗しようという考えすら浮かばない。こんなにたやすく、こんなに全面的に彼を受け入れ、夢中になってしまっていいのだろうか。そんな警戒心もどこかに吹きとんでいた。

ニックと一緒にいる。それだけで頭の中がいっぱいで〈デイリー・クイーン〉ではなにを食べているのかよくわからなかった。帰り道、コリーはニックとの別れの時間がせまりつつあることを意識した。今日という日が終わってしまう。ニックのことを苦しいほど好きになっていた。いつまでもこうしていたい。もはや高校生の淡い恋ではない。思いは急速にふくれあがっていた。

苦しかった。できることなら永遠にこのままでいたい。だが、いさぎよく終わりの時をむかえなさいとコリーは自分に言いきかせた。こんな日はもう二度とないだろう。たった一日でも恋人気分が味わえてよかった。だから、未練がましくなるのも、むなしい期待に胸を焦がすのもよそう。

ニックは裏手に車をまわし、コリーと一緒に家の中に入った。コリーは、保温ポットからコーヒーをそそぎ、ニックに差しだした。

「まだ残ってたわ」

「いや、僕はいい」

ニックはそう言うと、腕をとってコリーを引きよせ、胸に抱きすくめた。

「明日の夜、踊りに行かないか」

ニックの腕の中は心地よかった。

「私、踊れないの」

コリーは言った。自分をありのままに受け入れ、認めてくれるニックの前では素直になれた。ニックは歯を見せて笑った。

「僕が教えてあげるよ。早めに来るから、ステップをいくつか練習してから行こう。だけど僕が好きなのはすごくシンプルなダンスだから、そんな必要もないかもしれない」

ニックはコリーにおおいかぶさるようにして、ふたたびキスをした。まるでスイッチが入ったように、コリーの体はたちまち反応した。未練は捨てようとさっき決めたばかりなのに、苦しいほど切なくて、自分をあざむけなくなる。ニックはやがて唇を離し、おやすみと言った。

ニックを見送ったあと、コリーはドアに背を向け、がらんとしたキッチンを見わたした。ニックの気配が残っている。見慣れた光景が前より温かい場所に見え、さびしさを感じなかった。家の中ばかりではなかった。コリーは同じ年ごろの女性たちと肩を並べた気がしていた。短い時間でも、私と一緒に時を過ごしたいと言ってくれた男性がいた。美人でなくても、高い家柄や資産がなくてもかまわないと。ニックはそんなものに頓着《とんちゃく》しなかった。この私にはそのどれもが欠けているのだから。ニックのような男性が、なにも持たない自分に魅力を感じてくれた。そのことが一番嬉《うれ》しかった。

　こんなふうに愛情を表現されるのは初めてで、奇跡が起きたような気分だった。だが、不安もわきおこる。男と女のことをなにも知らない自分が、大人の恋愛をどこまでできるのだろうか。

　自分は女なのだとあらためて思うとともに、これまで感じたことのない女らしい気持ちが胸にあふれていた。ニックのたくましい腕に抱きしめられ、どんどん激しく、官能的になっていくキスに体を震わせながら、あのときコリーは別の奇妙な感覚もかすかに感じていた。ニックは私に触れたとき、体の反応を抑えられないようだった。コントロールしようとするが……うまくいかない。そんなニックの葛藤《かっとう》はコリーの自尊心をくすぐり、自信を復活させた。

〝明日の夜、踊りに行かないか〟ですって。

　今すぐにでも踊りだしたかった。はやる気持ちを抑え、家の中の雑用を片づけたり、請求書に目を通したりする。けれど、シャワーを浴びると、もう家事をする気にはならなかった。明日の晩なにを着ていこうかしら。このあいだ買った服を並べてみる。

　これにしようと決めたとき、車の音が聞こえた。廊下に出て、通りに面した窓から外を見る。庭の照明に照らしだされたのはシェーンのトラックだった。コリーは急いで部屋にもどり、バスローブをぬいで洗濯したてのジーンズとTシャツに着替えた。一階におり、裏口のドアをあけると、シェーンがちょうどポーチの階段をのぼってくるところだった。

「まあ、いらっしゃい」

　コリーはにっこり微笑《ほほえ》んで、網戸をあけた。シェーンが網戸を押さえるのを待って、家の中に体をもどす。

「しばらくぶりね」

シェーンは中に入った。かすかに微笑み返したが、なんだか無理をしているようだった。青い瞳でじっとこちらを見ている。コリーはばつが悪くなった。

シェーンがステットソン帽をぬいで言った。

「もっと早く連絡できなくてごめん」

よそよそしい声の響きに、コリーは眉をひそめた。

「ポットにコーヒーがあるけど。居間で一緒に飲む？」

「いや、いい。実は、この前の晩きみを怒らせた相手が誰だったのかわかったんだ。そのうちあやまらせようと思ってたんだけど……放《ほう》っておいたのは失敗だったかな」

コリーは顔が熱くなるのを感じた。

「ニックから聞いたのね」

「ああ。いちおう言っておくけど、兄貴は反省してたよ」

シェーンは口のはしを軽く持ちあげた。少し表情が明るくなる。

「今日、一緒にサンアントニオに行ったんだって？」

コリーは、シェーンが手に持ったステットソン帽をくるくるまわしていることに気づいた。

「もしかして……気に入らないの？」

「そんなことはないよ」

「だけど、なに？」

シェーンは少し真顔になった。

「ただ……あんまり簡単にのぼせるなよ。それだけだ」

コリーはまじまじとシェーンを見た。言葉をにごしているが、二人は長いつきあいだ。はっきり言わなくても、相手の思っていることは伝わってくる。

腹は立たなかった。そのかわり切なくなった。悲しい思いをするからと友人が忠告してくれたからではなく、自分でもそれがよくわかっていたからだった。ニックが私など選ぶわけがない。この関係が長く続くことさえありえなかった。けれど、ひとたび気持ちが舞いあがってしまうと、自分を抑えることができなくなってしまう。

ほんの少しのあいだだけでもいい。夢がかなったと思っていたい。せめて一日、いや数日。遅れてやってきた青春を楽しみ、夢にひたりつづけていたい。シェーンはいいときにやってきたのかもしれなかった。このままだとどんどん深みにはまっていただろう。なにもかもがめまぐるしいスピードで進みすぎていた。ふたたび自分を見失う前に、現実に引きもどしてもらう必要があったのだ。シェーンはめったにこういうことを言わない人だ。今、彼の言葉に耳をかたむければ、傷も浅くてすむかもしれない。

「こんなこと言ってくれる友だちは、あなたぐらいだわ」

コリーは口をひらいた。シェーンが近寄り、彼女の手をとる。コリーはシェーンの目をまっすぐ見た。

「私とお兄さんでは釣りあわないっていうことよね。私はお兄さんが選ぶようなタイプじゃないって。はっきり言わなくてもわかるわ。私がばかな真似《まね》をして傷ついたりしないよう、別れたほうがいいと忠告をしてくれたのよね」

数年前、シェーンから離れるよう警告したのはニックだった。今、そのシェーンがニックとのことを忠告している。シェーンの優しさは伝わってきたが、コリーは痛烈な皮肉をかみしめた。

シェーンは顔をしかめた。

「コリー、きみがばかな真似なんてするわけない」

そう言って、ステットソン帽をテーブルの上にひょいと投げ、コリーのもう一方の手もとった。

「それに、兄貴にとっても、きみよりすてきな女性はいるわけないよ」

　きっぱりと言いきるシェーンの言葉には答えず、コリーはただじっと彼の顔を見上げ、気持ちをこめて微笑んだ。シェーンは私のことをよく知っている。これでよかったのだ。

「荒馬乗りの世界チャンピオンさん」

　コリーはわざとたしなめるような口調で言い、シェーンの手を軽く握った。

「結婚する気もない相手を誘惑しようとしたのはどこの誰だったかしら？　結婚という言葉をちらつかせずに恋をしていいのは自分だけだと思ってるの？　さっさと手を切るつもりでも、ついつい長くつきあってしまったりするんでしょう」

　シェーンは穴のあくほどコリーの顔を見つめた。コリーはもうそれ以上わけ知り顔をしていることができなくなった。気がつくと、シェーンの指をかたく握りしめている。痛くなかっただろうか。

「ハニー、やめろよ」

　シェーンはかすれた声で言ったかと思うと、コリーの頭を抱き、自分の胸に押しつけた。頭のてっぺんにキスをし、さらに強く抱きしめる。

　コリーはかたく目をとじ、シェーンのぬくもりに身をまかせた。強がってみせてもシェーンには通じないということはわかっていたはずだった。

「心配しないで、シェーン」

　そっと言ってみる。思いのほかしっかりした声が出てほっとした。

「臆病《おくびょう》になってばかりはいられないわ。私も成長したのよ。それに、それほどひどい結果が待ち受けているとはかぎらないし」

　シェーンが腕に力をこめた。コリーは突然大声で泣きだしたくなった。いけない、気持ちを切りかえなくては。いそいで笑顔を作り、明るい声を出す。

「あなたのお兄さんはキスの達人ね。おかげで勉強になっちゃった。次に私とキスする男性は、きっとうなるわよ」

コリーは少し体を離し、シェーンを見上げた。シェーンは怖い顔をしている。そこで、コリーはわざとおどけて言った。

「あなたもいい線いってるわよ。大きなお世話かしら」

たぶん笑わないだろうと思っていた。なにか言い返してくるだろう。だが、シェーンは反論しなかった。

「キスの達人？ きみがそんなこと言うなんて驚いた。でもわかったよ。わかりたくはなかったけれど、わかった。じゃ、僕は帰る。だけど、いつでもきみのそばにいるから。なにかあったらよんでくれ。話し相手がほしくなったときでもいいからさ」

シェーンはコリーの頬にぎこちなく軽いキスをし、それからコリーに目を据えた。

「いいね？」

コリーは無理ににっこりしようとした。だが突然、今までに感じたことのないほどの疲労感に襲われた。どんなにきつい仕事をしても感じたことがないほどの疲労感だった。

「ええ。あなたとキスをして、そのあとすぐにお兄さんに夢中になってしまうなんて、もしあなたに責められたらつらかったわ。あのときのあなたのキスには、深い意味はなかったのよね？」

「そうきたか」

シェーンはわざと乱暴な口調で言って、芝居気たっぷりにコリーをにらみつけた。こちらの気持ちを察し、わざと陽気にふるまおうとしてくれているのがわかる。嬉しかった。

「やられたよ。男の純情をもてあそんで、年上の、金持ちの男に乗りかえたんだろ」

シェーンは抱きしめていた腕をといた。ステットソン帽をとり、頭にのせる。そして、しかめっつらをしながら帽子のつばをぐいっと引いた。

「まったくあきれるよ」

そう言って、ウインクする。

「コリー・デイビス、きみはジーンズをはいた奔放な妖婦《ようふ》だな。少し反省しなさい」

コリーは笑い声をあげた。ほっとしたせいだった。

「もうお引きとりください。そろそろ寝る時間なの」

シェーンはにっこりして腕をのばし、コリーのあごをくすぐった。

「ゆっくり寝なよ、ベイビー。話し相手がほしくなったらルイーズにきけばいい。僕の居所を教えてくれるよ。でも待ちぼうけは勘弁だ。きみに見すてられたと思うからね」

シェーンはさびしげに微笑んだ。

「あなたのことはいつだって大好きよ、シェーン」

本当のことだった。コリーは胸がつまった。シェーンも、のどがつまったような声で低く言った。

「僕もさ。おやすみ」

「おやすみなさい」

シェーンは出ていった。コリーは家の中の明かりを一つ一つ消して歩いた。二階にあがり、服をぬいで、シーツと掛け布団のあいだにもぐりこむ。横になったまま暗がりの中で考えこんだ。本当に落胆が待ち受けているのだろうか。それを避けるすべはないのだろうか。

けれどそれは、こぼれたシロップをスプーンで集めるようなものだった。結局は、ぞうきんでふきとり、べたべたはこすりとるしかない。そんな気力はなかった。少なくとも今は。

翌日、ニックは昼近くなってから家の中にもどった。種馬の搬入は午前中に終わっていたが、昼食の時間まで少し外でぶらぶらして過ごしていた。どこに行ったのか姿が見えなかったシェーンは、昼食の席には現れた。朝食のとき、やけに無口で無愛想だったが、どうやら今も、あまり機嫌はよくないらしい。ニックはルイーズが給仕してくれるのを待ちながら、早いところ食事を終えてしまおうと考えた。シェーンがなぜ不機嫌なのか、その理由にあまり深入りしたくなかった。

　ニック自身は上機嫌だった。せっかくのこの気分に水を差されたくはない。理由はコリーだった。種馬に気をとられたりもしたが、コリーのことは常に頭から離れなかった。離そうとも思わなかった。コリーを近くに感じ、心が浮き立つ。

　ゆうべはうしろ髪を引かれる思いだった。今までのデートの相手なら、あんなにあっさり帰ってしまうことはありえない。けれど純粋で世間ずれしていないコリーの前では、ああやっておとなしく帰るしかなかった。コリーは結婚前に体を許すようなタイプの女性ではないだろう。それは頭に入れておくべきだ。

　ニックはそのことに好感を持った。今どき古くさいかもしれないが、最近はそれもいいのではと思う。最高のセックスを期待しても、その期待を超えることはなく、結果はいつも同じだった。肉体的な満足は得られる。だが、そのあとには決まってむなしさが襲ってきた。はたして、心まで満たされたことがあっただろうか。たしかに満足感はあるし、ある程度心がやわらぐこともある。けれど、それだけだ。誓いを立てるほどの価値はない。

　これまで自分はメリック牧場に人生をささげてきた。数々の困難を乗りこえ、成果を喜び、牧場経営の舵《かじ》とりという難業を楽しんでもきた。

　結婚も、牧場経営と同じくらい気力のいることかもしれない。いや、牧場経営以上か。なにしろ一人が満足すればいいというわけではないのだ。だから、妻となる女性は一生大事にしたかった。

　そろそろ身をかためるときだろうか？　思いもよらないことだが、急に〝結婚〟という文字が頭を支配しはじめた。明らかにコリーのせいだ。その思いはどんどんふくらんでいく。

　コリーは一人で生きているが、今までニックがつきあってきた女性たちの頭の中にはなかった、家族や犠牲や献身といったものの意味をちゃんと知っていた。つまらない父親のために、あれだけ尽くしたのだ。自分を大切にしてくれる夫には、それ以上に尽くすだろう。

　むっとしたようなシェーンの声で、ニックはわれに返った。

「兄貴、聞いてる？　二回も同じ質問したんだぞ。今日は僕と口をきかないつもり？　それとも、コリーのことで頭がいっぱいなわけ？」

　いやみか。だがその裏には嫉妬《しっと》も感じられた。ニックはふいに、コリーを誰にも渡したくないという思いにとらわれて驚いた。

　コリーは僕のものだと言いそうになる。

「コリーに近づくなというのか」

　シェーンの言いたいことがおのずと伝わり、ニックは淡々と言葉を返した。じろりとシェーンをにらむ。言いたいことがあるなら、はっきり口にすればいい。

　シェーンはすかさずその機会をとらえた。

「どういうつもりなんだ？　兄貴、コリーは純情なんだぞ」

　ニックはむっとした。

「僕が彼女の純情を踏みにじるというのか？」

　シェーンは手に持ったフォークをテーブルに放り投げた。

「コリーには恋愛の経験がないって言ってるんだよ。そもそも兄貴が彼女に関心を持ったのは、疑心暗鬼になったからだろ？　僕が彼女に熱をあげて、〝義務〟を放りだすんじゃないかって思ったからだ。僕からコリーを遠ざけようとしてたんじゃなかったの？」

シェーンの言葉はニックの胸にぐさりとつきさささった。言い返したい気持ちをぐっとこらえる。

「彼女がほしいのか？」

シェーンはますます顔をしかめた。

「言っただろ、わからないって。だけど、どうやら先を越されたみたいだ。兄貴は彼女の心をがっちりつかんだよ。コリーは、ひょっとしたら兄貴にほれてるんじゃないかって前から思ってたけど、今、確信が持てた。そして、そのうちお払い箱になる。そうだろ？」

コリーが自分に夢中になっている。シェーンの言葉にニックは頬がゆるみそうになった。だがシェーンの前でそんな顔を見せるわけにはいかない。弟が自分を信頼していないのは遺憾だったが、コリーを守ろうとしていることには満足をおぼえた。その気持ちをくんで、兄を不当評価したことは大目に見てやろう。

「僕は真剣だ」

「そりゃよかった。じゃあ、話はおしまいだ。長々と話してもしょうがない。兄貴は前に何度も言った。おまえはそのうち彼女に飽きる。だからズボンのファスナーはあげておけって。その言葉を、そっくりそのまま兄貴に返すよ。だけど、もし彼女を泣かせるようなことがあったら、ただじゃすまないからな」

ニックは腹が立ってきた。八つも年がちがう弟に、なぜここまで浮気者あつかいされなくてはならないのだ。

「いつでも受けてたってやる」

ニックはかみつくように言った。シェーンはこわばった表情で、瞳に怒りをたぎらせている。

「ニック、彼女をもてあそぶな」

「よけいなお世話だ。口出しするな」

シェーンは膝のナプキンをつかんでテーブルに叩《たた》きつけた。

「するね」

ニックはじっと弟を見た。赤い顔をして肩をいからせている。きっとシェーンには、僕が平然としているように見えるのだろう。だがこうなるともう、怒りをやわらげるのは不可能だった。

ニックはできるだけやわらかい声で言った。

「おまえがコリーを守りたいと思う気持ちはわかった。だが、僕はコリーを傷つけるつもりはまったくない」

シェーンはしばらくさぐるようにニックの顔を見ていた。やがて表情がやわらぎ、怒りが静まっていく。なにかを後悔しているような感じがあった。だいぶ冷静さをとりもどしたシェーンは、大きく息を吐いた。

「まいったな」

放り投げたフォークを拾っていじりまわす。言葉をさがしているようだった。

「わかってるさ。兄貴がコリーを傷つけたりしないことは――」

「もういい」

シェーンはかっとなった気持ちをしおらしく静めようとした。

「だけど、僕が言いたいのはつまり――」

「つまり、おまえも彼女に恋をしているということだ」

一瞬沈黙が流れた。ニックはすぐ先を続けた。

「だけど、彼女を譲る。そのかわり、幸せにしないと承知しないっていうことだろ？」

シェーンはなにか言い返そうと息を吸いこんだが、そのまま吐いて横を向いた。

「シャーロック・ホームズ先生はなんでもお見通しか。彼女に再会したとき、僕はパンチをくらったような気分になったんだ。兄貴が僕と同じような衝撃を受けたとしても、責められないな」

シェーンはふたたび青い瞳をニックに向けた。さっきほどではないが、怒りがこもっている。

「兄貴もそう感じたんだろ。そうじゃないんなら、身を引いてくれ」

ニックは目を細めた。

「もしそうじゃないとして、それでも身を引くつもりはないと言ったらどうする？　彼女のせいで、僕たち兄弟は仲たがいをすることになるのか？」

「もう、してるよ」

シェーンは吐きすてるようにそう言ってから、皮肉まじりの笑みを消し、真面目《まじめ》な顔になった。

「でも、彼女をつらい立場に追いこみたくない」

ニックは少しほっとした。

「僕も同じだ。恋人や結婚相手はさがせばいくらでもいるだろう。だが僕とおまえは二人きりの兄弟だ」

ニックは今の言葉をシェーンがかみしめてくれるのをしばらく待った。けんか腰だった弟の態度がやわらいでいく。それから、もう一度口をひらいた。

「たった一人の弟を失う覚悟は僕にはないかもしれない。僕たちはこれまでもずいぶんすれちがってきた。たぶん、これからだってそうだろう。だが、おまえとコリーのために僕が道を譲ってすべてが解決するのなら、そうすべきなのかもしれない」

シェーンはさぐるような目で見ている。

「取り引きかい？　コリーを譲るから、そのかわりこの家に残って事業に加われと？」

ニックは大きく首を横に振った。

「そんなことは言ってない。だがそれも名案だな。交換条件として、牧場の所有権と経営権を半分おまえにやろう。いろいろ面倒な手続きをしなくちゃならないが、かまわない。おまえが対等のパートナーになってくれるなら考えよう」

「そういう取り引きをしたいわけ？」

「僕たちが生まれ育ったこのメリック牧場を、弟と力を合わせてやっていきたいんだ。ずっとそう思っていた。同じ女性を愛してしまったというこの難題を無事乗りこえられたら、この先なにがあったって怖いものなしだ」

シェーンはニックにじっと視線をそそいだ。本心をはかりかねているような顔をしている。

「本気？」

ニックは視線をそらせた。

「簡単だとは言っていない。だが、おまえが言うように、それが一番いい方法なら僕は身を引くべきだろう」

「なるほどね」

シェーンは口をゆがめて笑った。

「三人で仲よく一つ屋根の下に住み、三人でこのテーブルについて食事をし、三人並んで廊下を歩いて、それぞれの部屋に帰って寝るってわけか」

ニックが視線をもどす。シェーンはしゃべりつづけた。

「コリーを、僕を家に縛りつけるための道具にしようだなんて、兄貴はどこまで冷淡なんだ？　彼女を利用するってことじゃないか。冗談じゃない。やり方がきたないよ。あきれてものも言えないね」

ニックはシェーンの非難を黙ってやりすごし、かろうじてこう言った。

「望みどおりコリーを自分のものしてこの家にとどまるか。それとも、家の責任を放りだして好きなように生き、コリーとも縁を切るか。どっちだ」

シェーンはニックをにらみつけた。青い瞳にまたもや怒りと反発の炎がめらめらと燃えあがっている。シェーンが話の展開に違和感を持ちはじめたときから、ニックはその怒りの炎に気がついていた。シェーンの口元がまたゆがんだ。

「僕を試してるのか。コリーを譲ってもいいが、そのかわり、メリック牧場の権利を半分やるからこの家に残れと言うのか。僕の夢とコリーへの愛情をはかりにかけろって言うんだな」

ニックは否定しなかった。

「僕がまだ答えを出せないうちに、おまえは決断をせまった。即答すべき状況に立ったときの勉強になっただろう。リスクと利益は両天秤《てんびん》だ」

シェーンは声をたてて笑った。

「またいつもの調子かい。兄貴らしいよ。かんかん照りの中でフェンスの穴掘りをさせるかわりに、しっぺ返しの手に出たとはね」

シェーンはまたくすくす笑い、おだやかなまなざしを向けた。

「おかげでとても勉強になりました。兄貴の気持ちはわかったよ」

だが、急にライバルを見る目つきに変わり、不敵な笑みを浮かべる。

「もし僕が自分の生き方を選び、しかもコリーもさらったら、どうする？」

ニックは肩をすくめた。

「好きにするがいいさ。おまえの自由だ。だが、こちらも好きにさせてもらう。あとはミス・デイビスが決めることだ。彼女にも彼女の自由があるし、選ぶ権利もある」

シェーンは背もたれに寄りかかり、にやりとした。

「オーケー。じゃあ、レディに選んでもらおう。けど、さっき忠告したことを忘れるなよ。彼女を傷つけたら、ただじゃおかない」

おおいに結構。ニックはうなずいた。それから二人は食事を再開した。

11

ゆうべはなかなか寝つけなかったのに、翌朝も仕事は山のように待っていた。食欲はなかったが、食べなければ昼まで持たないだろうと思い、無理やりおなかにつめこむ。ひと仕事終えて家の中に入ったのは一時を過ぎていた。

きのうするはずだった牛たちの点検をまだしていない。けれど、こう暑くてはひとりで馬に乗って見てまわる気にはならなかった。結局車を出すことにする。病気の牛がいないことを願いながら、コリーは午後の厳しい日差しの中、牧場を車でまわった。毎日欠かさずやっている仕事だ。文句は言っていられない。

フェンスと、それから貯蔵槽も点検しなくては。これからは、よくよく考えてから出かけることにしよう。町まで買い物に行って丸一日つぶしているのに、またもう一日仕事を放《ほう》りだしてニックと出かけてしまった。おかげでこのありさまだ。やらなきゃいけないことがたくさんあるのに、なんてばかだったのだろう。こんな大変な思いをするのはこりごりだった。

今夜も行くのはよそう。少し迷ったが、コリーはそう決めていた。このぶんでは、夜にはへとへとで、きっと眠くてダンスどころではない。無理やり自分を納得させる。

ニックとのことで、私は深く傷つくかもしれない。ゆうべふらりとやってきたシェーンに忠告されなくても、それはわかっていた。自分が〝ふしだらな〟女になりそうで怖かった。誘われたら誰とでもベッドをともにする女になってしまったら……。古めかしい言葉が急に身近にせまってくる。

もちろん誰かれかまわずベッドをともにしたりはしない。けれど相手がニックなら自信がなかった。私は今ニックに夢中になっている。それに、ゆうべの自分の反応を思うと、あのとき求められていたら、即座にうなずいてしまっていたかもしれない。いや、いつだって、ニックの言いなりになってしまいそうだ。好きな相手ができても、信念だけは曲げまいと思っていただけに、ショックだった。

だけど、もしニックに求められたら拒めない。そのうちすぐ見向きもされなくなってしまうかもしれないのに。そうなったら私にはなにが残るのだろう。愚かな自分を責めて、みじめな気持ちになるにちがいない。今すっぱり別れたってみじめさは残るのに、彼の関心がなくなるまで待つのはもっとみじめだった。

ニックが私に関心を持ったのが、単にシェーンのためだったら？　二人は牧場経営やシェーンの独立のことでもめているらしい。そのへんがはっきりするまで、ニックの本当の気持ちはわからないかもしれない。

　ニックへの思いをずっと胸に秘めてきたのに、ここへきて、コリーは臆病《おくびょう》になっていた。あとで後悔するようなことはしたくない。ニックがいつどんな理由で自分に背を向けるかわからないのだ。それなのに、彼の誘惑にあらがえるのか自信がなかった。

　経験がないせいかもしれない。ゆうべのニックは自分を抑えていた。だが本当は、何度も経験して慣れているはずだ。いったいどのぐらい経験すれば慣れるのだろう。頭が混乱していて想像できなかった。

　あせってはだめだ。とにかく、声をかければいつでもついてくると思わせるのはいけない。彼と出かけたことで、ずいぶん仕事にしわ寄せがきたし。これからは、もう少し分別を持とう。そうやって彼の誘いを断ってばかりいたら、ニックは興ざめしてしまうだろうか。でも、それでいいのかもしれない。

　ニックが興味をなくしはじめたとわかったら、私はきっと、プライドを守るためにこちらから別れを切りだすだろう。彼にとっては痛くもかゆくもないはず。かわりがいくらでもいるのだもの。あの美人のセリーナだっているし。けれど、私は強い人間じゃない。自分のことだけを考えて、自らを守らなくては。

　電話をかけて今晩のデートを断ろう。そう思ったが、なかなか受話器をとれなかった。少し食事をし、十分ほどうとうとしてからやっと、メリック牧場に電話をかける。ニックは今電話に出られないと言われ、内心ほっとしている自分を臆病だと思いながら、コリーはルイーズに伝言を頼んで電話を切った。

　牛の様子を見に外に出る。雑用はあるが、日が暮れるまで家の中にもどる必要もなかった。ニックは折り返し電話をかけてきて、もう一度ダンスに誘うかもしれない。コリーはこのまま外にいることにした。

　デイビス牧場の質素な母屋は真っ暗だった。建物をとりかこむように張られた電球以外、明かりはついていない。家の裏に車をまわしたとき、ニックは一瞬出しぬかれたと思った。母屋とすぐそばの納屋のあいだに、庭の電球に照らされてシェーンのトラックがとまっていた。するとコリーが今夜のデートを断ったのは、シェーンが来るからだったのか。すぐ横に車をとめる。シェーンはポーチの手すりに腰かけていた。コリーの姿はない。

　車からおりてポーチに近づく。手すりの上に、ピザの箱が二つと、ソーダの六本入りパックがバランスよくのっていた。

「よう、兄貴。あれ？　コリーは一緒じゃないんだ」シェーンの様子に不機嫌そうな感じはなかった。それどころかやけに愛想がよく、かえってライバル意識がちらついて見える。

「ピザが冷めてしまったようだな」ニックはそう答え、ちらと納屋に目をやった。コリーのトラックがない。たしか、この前はあのあたりにとめてあったように思うのだが。ニックはシェーンに視線をもどした。

「そうなんだ。ソーダもぬるくなっちゃったよ。誰かと出かけてるのかな？」

　ニックはポーチの階段をのぼり、網戸をあけた。

「ノックしてみたか？」

　そう言いながら、自らノックする。

「トラックがないのにノックしてもしょうがないよ。ここに来る前電話したんだけど、出なかったから、ずいぶん前から留守なのかもしれないな。早いとこ帰ってきたほうがいいぞ。なにせ、このあたりの人間はみんな早起きなんだから」

シェーンは意味ありげに笑った。

「時間がもったいないから、兄貴も帰りなよ。コリーには僕から言っておいてやる。家に帰ったら詳しく報告するね。ああ、兄貴は寝るのが早いから、明日の朝かな」

「ロミオ気どりもいい加減にしろよ」

網戸を押さえていた手を離し、ニックも同じような調子で、ライバル心をむきだしに応酬した。

「おまえだって、独立したらそうそう夜遊びはしていられなくなる。今夜あたりから習慣づけるべきだな。コリーが帰ってきたら、おまえが来ていたことを僕が伝えてやろう。彼女からなにか伝言でもあずかったら、朝食のときに教えてやるよ」

シェーンはくぐもった笑いをもらした。

「仕返しか。兄貴がガールフレンドを家に連れてくるたびに、僕がうろうろして邪魔したからな」

ニックはかぶりを振った。

「まさか。仕返しなら、おまえが僕の相手にちょっかいを出すのをやめて、自分の相手を見つけたときにさせてもらうよ」

「なるほどね」

ニックは場所を見つけて自分も手すりに腰かけた。そのとき、牧場の西の方角で一瞬なにかが光るのが見えた。シェーンは気がついていないらしい。光はまた浮かびあがり、やがて小さな丘を越えると、二つのヘッドライトになった。

「コリーはいつもこんな遅くまで働いているのか?」ニックはそう言って、光の方をあごでしゃくった。

シェーンはしばらく目をこらし、やがて言った。

「そんなことないと思うけど。きっと、きのう兄貴が彼女を連れまわしたもんだから、仕事がたまっちゃったんだよ。おやじさんみたいにパートの人間でも雇って、雑用はまかせればいいのにな。だいたいなんでも一人でやってるんじゃないかな」

「彼女の父親は、パートだけじゃなくて娘も働かせたからな」

ニックは、コリーの時間を奪ったと言われたことに少し罪悪感を感じていた。

「そうそう。子どもをあんなにこき使うなんてよくないよ」

シェーンはニックを見てにやりとした。

「帰っていいって。兄貴のことはちゃんと言っておくから」

ニックはかすかに笑い、返事をしなかった。エンジン音が近づいてくる。トラックの姿が表門に差しかかるのが見えた。コリーがトラックからおりて門をあける。いったん運転席に乗りこみ、門の内側に車を進めて、それからまたおりて門をしめた。トラックはすぐに走ってきて納屋の角をまわり、入口の前にとまった。

シェーンがひょいと手すりからおり、コリーに駆けよる。ニックは動かなかった。コリーの顔はステットソン帽の陰に隠れてよく見えないが、驚いた様子も嬉《うれ》しそうなふうもない。歓迎されていないらしい。ニックは瞬時にそう感じた。ピザとシェーンを置いて、自分は帰ったほうがいいだろうか。コリーの前で、シェーンと張りあうような真似《まね》だけはしたくない。

コリーの気持ちをつかんでいる自信はある。それならなにもシェーンの競争意識にまきこまれることはない。コリーは、これまでつきあってきた女性たちのような自尊心の強い性格ではないから、二人の男が自分をめぐって張りあうのを見ても喜ばないだろう。

近づいてきたシェーンと、コリーはほとんど言葉をかわさなかった。家に向かって歩きだし、シェーンもその横をついてくる。シェーンは平静をよそおっていたが、ニックはコリーの雰囲気がいつもとちがっているような気がした。

シェーンの声が聞こえてきた。

「こんなに遅くまでなにをしてたんだい？」

コリーの返事は低くてよく聞きとれなかった。シェーンが続けて話しかける。

「ピザを持ってきたんだ。ペパロニが三倍、モッツァレラチーズが二倍の特製ピザだ。ペッパーと粉チーズも余分に持ってきたから、好きなだけかけて。ちょっと温め直したほうがいいかな」

ポーチまで来ると、コリーはステットソン帽をぬいだ。

「こんばんは、ニック」

軽くうなずき、かたい声でぼそりと言う。

「中に入りましょう。二人そろっているならちょうどいいわ。話したいことがあるの」

コリーはさっさと中に入り、ステットソン帽を壁の釘《くぎ》にかけ、廊下のドアに向かった。

「ピザを温めてね」

そう言い残して奥へ消える。

「汚れを落としてくるわ」

廊下の先のドアがしまり、水を出す音が聞こえてきた。

シェーンは勝手をよく知っているようだった。さっと手を洗い、戸棚の下の段から皿を出してピザをのせ、一枚目をオーブンに入れて温度とタイマーをセットしている。手慣れた様子だ。わざと見せつけているようにも見えた。

ニックはステットソン帽をぬいで壁の釘にかけた。シェーンの帽子は流しの上に逆さまに置いてあった。廊下から聞こえる水の音はまだ続いている。こんな遅くに家にあがりこむのもどうかと思ったが、食事の支度をする手間がはぶけたことを、コリーはありがたがっているかもしれない。

　〝二人そろっているならちょうどいいわ。話したいことがあるの〟コリーの口調からニックは深刻な響きを感じとっていた。ゆうべ、あるいは今日、シェーンと会ったか、電話で話をしたのかもしれない。兄弟で張りあうことにしたとシェーンが言ったのだろうか。

　水音がとまり、ややあって、ドアのあく音がした。キッチンに入ってきたコリーは、シェーンににっこり微笑《ほほえ》んだ。

「ピザを持ってきてくれてありがとう。いい匂《にお》いがしてるわ」

「ペパロニが三倍のピザは好きかな」

「ピザなんて、もうずいぶん食べてないの。嬉しいわ」コリーはニックをちらりと見た。「二人ともそこに座ってくれる？」

　シェーンはそれをつっぱねた。

「いや。兄貴とコリーが座ってくれ。僕はソーダを冷やさなきゃいけないし、給仕をするから。すぐ用意できるよ」

　コリーは微笑んだ。なんだか落ち着かない。べつにしゃちほこばる必要はないし、シェーンにまかせることにした。今日は朝からニックのことが頭から離れなかった。午後になるとシェーンの顔もちらついていた。この前のキス。ゆうべの様子。私がニックに夢中になっていることで、シェーンは動揺している。明るくふるまっているが、そうにちがいないとコリーは思っていた。

　くたびれて家まで戻ってくると、ポーチに立っている二人の姿が目に飛びこんできた。その瞬間、二人のあいだにただよう空気を感じた。今夜のシェーンはいつもとちがっている。なんだかやけになっているような感じで、ニックのことをかなり意識しているみたいだった。当のニックはずっと黙りこくったまま、よそよそしい態度で座っている。ピザは、二人で相談して持ってきたものではないだろう。

コリーはいつも座っている場所に腰をおろし、ようやく一日の仕事が終わったことにほっとしながら、椅子の背にもたれかかった。ニックともシェーンとも視線を合わせないようにする。むっつりした顔をひと目見て、なにかあったことはすでに感じていた。

本当は、このままベッドに直行して寝てしまいたかった。ろくに食事もしないできつい仕事をこなしたから、体が悲鳴をあげている。ただでさえそうなのに、メリック兄弟の間にただよう不穏な空気が暗い気持ちに拍車をかけていた。胸が痛い。重労働のせいではなく、このあと自分が発する言葉が二人の不和を決定的なものにするのではないかという直感のせいだった。

シェーンがソーダの缶をテーブルに運んできた。余分にもう一本コリーに渡す。皿と切りわけ用のスライサーも並べかけたが、オーブンのブザーが鳴ったので台所にとって返した。ピザを持ってもどってくると、大きく二切れ切ってコリーの皿によそい、ニックにはスライサーを差しだした。

「自分の分は切ってくれ。ナプキンを忘れた」

朝からまったく食欲がなかったのに、ペッパーを振りかけ、パルメザンチーズをのせてひと口かじったとたん、コリーは猛烈におなかがすいてきた。満足なものも食べないであれだけ働いたからだろうか。熱々のピザなんてめったに食べられないごちそうだったからかもしれない。

シェーンもテーブルにつき、食べはじめた。あたりさわりのない会話をかわしている兄弟を尻目に、コリーはひたすらピザをほおばった。二度ほど話しかけられ、適当に相槌《あいづち》を打つ。二人の視線が何度も自分に向けられるのを感じた。ニックに見つめられると激しい喜びを感じた。隣にはシェーンもいて、緊張した空気が流れているのに、ニックと自分が見えない糸でつながっているような気持ちになる。けれど、その糸はもうすぐ切れるだろう。コリーは静かに覚悟を決めながら、ピザを食べおえた。

兄弟の会話はいよいよ途切れがちになってきた。重苦しい空気がたちこめはじめる。コリーは心の準備をした。温かいものを食べたせいで、疲れた頭が少し回復している。シェーンのおかげだ。

「おいしかった」

コリーはそう言ってシェーンに笑みを向けた。

「でも、実は少しうしろめたく思っているの。食べるだけ食べておいて、ピザを持ってきてくれたあなたに、これから耳ざわりなことを言うつもりだから。本当はそんなことしたくないんだけど」

ニックにも顔を向ける。

「あなたにも。でも、私たち三人、どうもいい方向に向かっていないような気がするの」

緊張が高まった。コリーはソーダの缶をいじりまわした。水を打ったような静けさにのみこまれそうになりながら勇気を振りしぼる。視線を缶に据えたまま言葉をたぐりだした。

「メリック牧場の経営に参加させたいというニックの気持ちと、独立したいというシェーンの思い。あなたたちは、お互いの考え方がちがうということを認めあえたの？」

コリーは言葉を切り、思いきって顔をあげ、ニックを、次いでシェーンを見た。かなり無理をして冷静なふりをする。二人の表情が険しくなり、シェーンの目に反抗的な色が浮かんだのを見て、答えはおのずとわかった。

「私の推測を言うわ」

コリーは静かに告げた。

「合っているか間違っているか、教えてちょうだい。あなたがたの意見は日をあらためて聞かせて。私、もう眠くてしょうがないの」

　コリーはニックに顔を向け、淡々としゃべりはじめた。

「シェーンを家にとどめるため、あなたは罪悪感を利用したんじゃない？　それは、あなた自身が罪悪感を感じているからだわ。あなたがたが相続したものは平等じゃなかった。お父さまはあなたのほうをかわいがっていたみたいだから。私が同じ立場だったら負い目を感じると思う。同時に、あなたはシェーンに裏切られたように思っていた。自分の人生は義務や責任でがんじがらめになっているけれど、その半分はシェーンが負うべきものだって。シェーンはいつもうまく逃れ、結局すべて投げすてようとしている。メリック牧場という資産があるのに、シェーンがなぜほかの道を選ぼうとしているのか、あなたには理解できなかったのよね？　浅はかでいい加減な生き方だと思ったんでしょう？」

　コリーは、石のようにかたい表情をしているニックの目をあまりまともに見つめないようにした。シェーンに視線を移す番になり、少しほっとする。ニックが反論してこなくてよかった。

「そして、シェーン。あなたは、自分の前に常に二つの大きな存在があることをうっとうしく思いながら今まで生きてきた。だから、一人になりたいのよね。弟なんてもうやめたいと思っている。でも、ニックとあなたはたった二人きりの兄弟なのよ。ニックの罪悪感があなたにわかる？　お父さまがけがをしたとき、たぶんニックは、ただの兄でいられないことをさみしく思ったんじゃないかしら。牧場の経営が降りかかり、そのうえあなたの監督もまかされたんだもの。メリック家のなに不自由ない生活を、あなたは幸せだとは思わなかった。ニックがあなたに望んだことはまっとうで、利己的なものでもないのに、まったく考えてみようともしなかった。一緒に〝牧場を経営しよう〟って言われただけなんでしょう?」

　瞳にあらわれた青い炎を見て、シェーンの気持ちが自分から離れつつあるのをコリーは悟った。ここでもう一度ニックに話を向けるつもりだったが、誤解されないよう、静かに怒りをたぎらせているシェーンの方は見ないようにする。

「ニック、シェーンがどんなにあなたと似ているかわかる? たしかにシェーンの描く夢は、あなたがこうしてほしいと望んでいるものとはちがうわ。どちらか一つに決めなければ、あなたたちの諍《いさか》いが解決しないなんて私には思えない。そんなの無理だもの。あなたにとってもシェーンはたった一人の兄弟でしょう。あいだの道をさぐろうとしないのは本当に残念だわ。それともあなたはさぐろうとしているの? シェーンはそれを知っている?」

　コリーは二人を交互に見くらべた。

「あなたたちは幸せよ。しつこく言うけど、一人じゃないって、ものすごく幸せなことなんだから。兄弟か姉妹をもらえるなら、私、きっとなんでもするわ。こんなふうに悩んでみたい。でも、どちらも無理な話ね。私にはこれから先も、こんな悩みはありえない。独りぼっちだもの。自分以外に心配する相手はいないの。ということは、傷つける相手も、腹をたてる相手もいないということね。つまり、自分のことだけ考えてればいいわけ」

　コリーは椅子をうしろに引き、立ちあがった。

「今夜こうして二人そろってここに来たのを見て思ったわ。私があなたたちの邪魔をしてるんじゃないかって。お互いの考え方の違いが理解できないなら、私もこの何日かのこと、どう考えていいか自信を持てない。あなたたち二人とのことよ。気を悪くしたらごめんなさい。でもひょっとしたら二人とも、私を口実にして、正面から向きあうことを避けているんじゃない？　それともお互いに相手をだましているの？　私にはわからない。あなたたちの問題だから。でも、二人ともここにはもう来ないで。兄弟でいがみあうのをやめて、なんのしこりも残さずきれいに仲直りするまでは」

口をひらいたのはシェーンだった。

「ハニ――」

「もちろん、考えすぎかもしれない」

コリーはさえぎって続けた。椅子の背をつかみ、テーブルに視線を落としたまま、二人を見ないで言う。

「でも、私があなたたちの邪魔をしているんじゃないって確信が持てるまでは、会いたくないし、話したくもない。ちょっとしゃべりすぎたわ。もう寝たいの。お引きとり願えるかしら」

椅子を引く音が二つ聞こえ、コリーはほっとした。うつむいたまま、シェーンがテーブルを片づけだしたことに気づき、それをとめる。

「ありがとう。でも、あとで私がするから。次は私がピザをおごるわ」

二人はなにも言わず、ただいとまごいだけして出ていった。コリーはほっとした。食べおわった皿を重ねはじめると、エンジンの音が聞こえてきた。その音は牧場を出る道に向かい、やがて幹線道路の方へと消えていった。

私の推測はおそらくあたっているだろう。兄のことも弟のことも。ニックはシェーンをとりもどすために私を利用した。そう思ったことについてはあまり触れなかった。確信があったわけではないし、そうであってほしくないという気持ちのせいだった。あの最初の晩ニックは、シェーンを驚かしたいからと理由をつけて私を家に招いたが、あとで本当の目的を白状したし、ちゃんとあやまってくれたのだから。

ニックは道義を重んじる人だとコリーは信じていた。けれど、いくら一本芯《しん》の通っている人間でも、知らず知らずのうちに思わぬ行動に出てしまうこともある。私をシェーンから引き離そうとしていたのか、あるいは、純粋に私を好きになってくれたのか――いずれにしろ、ニックはシェーンと正面から向きあう必要があるのだ。私とのことは、メリック兄弟にとって二の次でしかない。

二人から距離をおけば、利用される心配もなくなるし、傷つく前にニックとの関係を終わらせることができる。それでよかった。あのとき自分は正しかったと、あとになってつくづく思うことだろう。

コリーは部屋の明かりを消して二階にあがった。シャワーを浴びると、くずれるようにベッドに横になった。あっというまに眠りに落ちていた。

12

それから数日間、コリーは、すぐになにもかも忘れてしまうだろうと、なかば自分に言いきかせて過ごした。シェーンが家にやってきたあの日のことも、ニックと過ごしたひとときも。

けれど、気がつくといつもニックのことを思いだしていた。抱きしめられたときのぬくもり。熱い唇の感触。一つ一つの瞬間が、かわした視線が、言葉がよみがえってくる。髪をとかせば、ニックがブラシでといてくれたときのことを思いだし、洗濯してクローゼットにつるしてあるインディゴブルーのジーンズとシャツを見れば、あの日のことが浮かんできた。いたたまれず、服を二階の別の部屋のクローゼットに移した。

　日々の仕事に追われているときもそうだった。ことあるごとに、手伝ってくれたニックの姿が浮かんでくる。どこへ行っても、なにをしても、ニックの幻影がちらつき、コリーはとうとう、そう簡単には忘れられないことを自分に認めた。

　二日間なにも考えず、ただがむしゃらに働いた。日曜になると、町でイーディと一緒に買った服を着て教会に出かけた。イーディの姿を見つけ、そばに行く。並んで腰かけて、ランチでもどうと家に誘った。一人では食べきれないほどのローストビーフがオーブンに入っていたのだ。

　あの日、化粧をしてもらったあとのことを、ところどころはしょりながらイーディに話した。イーディは、ニックは絶対もどってくると言ったが、コリーは期待しすぎてしまうのが怖かった。

メリック兄弟は、コリーの言葉を真剣に受けとめたようだった。あれから電話は一度もかかってこない。何度かコールターシティに出かけたが、姿を見かけることもなかった。シェーンとは、学校に通っていたころからけんか一つしたことがなかった。ニックにはそもそも、私との関係を長続きさせる気はなかったのかもしれない。古い友情も、はかないロマンスも、一夜にして泡と消えた。考えまいとしても気持ちが落ちこんだ。

　翌週、思いもよらない相手から電話があった。地元の牧場主の息子で、まだ独身の、コリーの元クラスメート――デインだ。そういえば日曜に教会で声をかけられたが、あらためて、ショーでも見ながら夕食を一緒に食べないかと誘いの電話をかけてきたのだ。ニックとの外出で少し慣れていたコリーはそれを受けた。

　デートは楽しかった。自分でも意外なほど肩の力が抜けていた。少し化粧もして、買った服の中からこのあいだとは別の服を選んで着ていったが、申し分のない宵で、夜も更けるころにはかなり自信もついていた。家まで送ってきてくれたデインがおやすみのキスをしなかったのでほっとする。また電話していいかきかれただけだった。

二週間が過ぎた。コリーは、メリック兄弟とかかわらずともうまくやっていけそうだと思えるようになっていた。少なくとも、ここ何日かで自分自身に対する見方も変わったし、新しいことに挑戦してみるのも悪くないという気持ちも芽生えていた。

時間はあっというまに過ぎていく。この重く苦しい気持ちも、やがて消えてなくなるだろう。

ある日の午後、家にもどったコリーは、留守番電話のライトが点滅していることに気がついた。再生ボタンを押す。短いメッセージが流れはじめた。

〝ミス・デイビス、中途半端にしておきたくない。今夜七時にそっちへ行く。話はそこで〟

ニックのしゃがれた声を聞いたとたん、コリーの胸は高鳴り、同時に泣きたいような気持ちに襲われた。わきおこる期待を無理に抑えこもうとする。ニックの声はかたく、厳しかった。ばかばかしい。奇跡など起こるわけがない。ニックはきっと、あの日の私の言葉を受け、なにかしらの決断をし、それを伝えに来るだけなのだ。私のせいで、シェーンとの関係がさらに悪くなっていたらどうしよう。コリーは、たちまち重い気分になった。

続いて入っていたのは、シェーンからのメッセージだった。

〝まだ僕と口をきいてくれるなら、八時ごろ会いに行く。話したくないっていうんなら、ルイーズにそう伝えてくれ〟

瞳が涙でいっぱいになった。言葉にならないほど胸がつまる。シェーンを失ったと思っていた。友情がこわれていたら、悔やんでも悔やみきれなかっただろう。コリーはシェーンの声を聞きながら、あらためて体を震わせた。

　かなり前から使っている古ぼけた電話のボタンを押してテープをまきもどし、もう一度二人のメッセージを聞く。興奮と安堵《あんど》の一方で、不安が頭をもたげた。ニックのメッセージはどういう意味だろう。シェーンは、私たちの友情が続いていることを教えてくれた。けれど……ニックは？

　なにが中途半端なのか、コリーははかりかねた。ニックは永遠に手の届かない人。尻切れとんぼになってしまった二人の関係をやり直そうという意味だなんて、間違っても思ってはいけない。

　〝話はそこで〟と言っていた。あの夜、シェーンの目の前で非難してしまったけれど、そのことで反論するつもりなのだろう。あれから三週間。ニックの思いつめたような口調から、そんな決意がうかがえた。

　けれど、なぜわざわざ断りの電話を入れてきたのだろう。黙っていきなりやってきて異をとなえたほうが効果は大きいだろうに。それとも、前もって来るとわかっているほうが相手に与える心理的圧迫が大きいからだろうか。たしかに、今か今かと待ちかまえるのは、よけいに不安がつのる。それを計算してのこと？

　二人がそろって同じ日の同じ夜を指定してきたということは、兄弟のあいだで和解があったと考えることもできる。そういう確信が持てるまではどちらとも会いたくないと、あの日はっきり告げたのだから。地元の人間ともあえて言葉をかわさないようにしていた。だから、その後の二人のことはまったく知らなかった。

　シェーンは独立することにしたのだろうか？　それとも、夢をあきらめ、メリック牧場に骨をうずめる決心をしたのだろうか？　あるいは、二人が折りあえる別の方法が見つかった？　まるで見当がつかなかった。確かなのは、今夜二人がここにやってくるということだけだ。

断りの電話をかけようという考えはまったく思いうかばなかった。散らかった部屋を大急ぎで片づけ、まだ残っている仕事を終わらせてしまうため外に飛びだす。きりのない雑務をやっとすませ、また家に駆けこんで、腹ごしらえをし、シャワーを浴びて服を着替えはじめた。

インディゴブルーのブラウスと白いジーンズなら華やいで見えることはわかっている。けれど、いつものジーンズに作業用のシャツでいようと、何度も自分に言いきかせていた。髪は洗ったまま編んでいない。長くおろしているほうがいいとほめてくれたあのときのニックの言葉が本心なら、こうすることで少しは彼の気持ちをやわらげ、六年前のような冷たい視線を浴びずにすむかもしれない。コリーはわらにもすがる思いだった。

あんな瞬間を過ごしたのに、ニックが私に冷たい態度をとるなんてありうるだろうか。だが、そう思うのは浅はかなのかもしれない。コリーは不安でいてもたってもいられなくなり、部屋の中をうろうろ歩きまわってから、キッチンに行ってコーヒーをいれはじめた。今朝、オランダ風アップルパイを焼いたことを思いだす。シェーンを待って、二人に出そうか。とりあえずこれでも食べてもらえば、少しは場がなごむかもしれない。

支度ができると、バスルームに駆けこみ、鏡で化粧と髪型をチェックする。そのとき、トラックの音が聞こえた。あわててバスルームを出る。時計に目をやると七時五分前だった。裏口に近づいてくる車の音に耳をすませながら、コリーは、祈りの言葉をつぶやいた。エンジンの音がとまる。心臓が早鐘のように打ちだした。

〝裏口にまわるのはいつも友人だけ〟つまり、少なくともニックはまだ友だちではあるらしい。コリーはそう思おうとした。重たいブーツの音がポーチの階段をのぼってくる。ぴたりととまったかと思うと、ドアがノックされた。体をかたくして耳をすませていたコリーは、ゆっくり歩みより、ドアをあけた。

緊張した面持ちのニックがドアをふさぐように立っていた。目と目が合ったとたん、心臓がどきんと大きく打つ。ニックは腕をあげてステットソン帽をとった。よそよそしいほど礼儀正しかった。

「ミス・デイビス。今夜はありがとう」

高まる胸の鼓動と不安とでコリーは息が苦しくなった。ニックはこのあいだとは別のシンプルな白いシャツを着て、ターコイズブルーのループタイをしていた。下は黒のスラックスで、黒いブーツはきれいに磨きあげられている。いつもの何倍も背が高く、たくましく見えた。

かすかに香るアフターシェーブ・ローションの匂《にお》いは同じだった。サンアントニオに飛んだあの日と同じ、じゃこうの香り。キスの記憶がよみがえり、一瞬体がふわりと浮くような気がした。私を非難するのに、わざわざこんなきちんとした服を着て、アフターシェーブ・ローションまでつけてきたの？

コリーは無理をして笑みを作り、体をうしろに引いた。

「どうぞ、入って」

動揺していることを気づかれないように短く言う。そのとき、自分が震えていることに気づき、それをとめようと、とっさに両手をうしろに隠した。言葉を続けようとしたが、のどがつまったような声しか出なかった。

「向こうの部屋に行く？」

ニックはかすかに微笑《ほほえ》んだ。表情が急におだやかになる。彼は持っていたステットソン帽を壁のコリーの帽子の横にかけた。

「気持ちのいい晩だ。ポーチのぶらんこで話さないか？」

コリーは急に顔が熱くなるのを感じ、視線をそらせた。私を責めようとしているのではないの？ 胸をえぐられるような言葉を待ちかまえなくてもいいのだろうか？ それとも、願望と女性にありがちなむら気で、私が勝手にそう思い、現実から目をそむけようとしているだけ？

「あなたの好きなところでいいわ」

コリーは答えた。

ニックは向きを変え、コリーのために網戸をあけた。コリーは先に立ってポーチにおり、はずれのぶらんこまで行った。防水タイプのマットをひっくりかえしてきれいな面を出し、そこに座る。

ニックが隣に腰をおろした。腕をのばし、コリーの手をとって、そっと自分の手に包む。コリーの胸に喜びがわきおこった。こうしていると、とても自然な気持ちになり、安心感に包まれる。

「シェーンには好きな道を選ばせることにしたよ」

ニックはいきなり話しはじめた。

「自分で道を切りひらいていけばいい。シェーンの持ち株の割合は五年間そのままにしておく。そしてその利益の中から、メリック牧場の経営をまかせる代償として僕に支払っていくことになった。この先安定した市場が続き、自分の道を行くというシェーンの気持ちが変わらないなら、そのあとは僕があいつの株を少しずつ買いとっていく。シェーンの子どもや孫が相続できるように、二十五パーセントだけは残すつもりだ。シェーンがロデオ用の牛や馬を飼育する仕事をしたいと考えてたなんて、知ってたかい？」

コリーは小さく首を横に振った。

「知らなかった。そんな話、したことないわ」コリーが顔をあげると、ニックのやわらかい瞳にぶつかった。「あなたはそれでいいの？」

「僕が望んでいたものとはちがう。だけど、それがシェーンの望みなら満足だ。あいつの選んだ道は正しいんだと思う。一つの囲いに雄牛は二頭入れないものだ。トラブルのもとだからね。これで一件落着だ。しこりはいっさいないよ」

ニックはそう言い、コリーは心からほっとした。

コリーは苦しくなって横を向いた。彼を見つめていることができない。どうしようもないほど愛してしまっているのに、それをニックに知られるのが怖かった。幸いニックはなにも気づかない様子で先を続けた。

「そうなると、あとは自分自身の問題だった。心の中の葛藤《かっとう》だよ。きみが言ったとおり、僕は負い目を感じている。だがある意味、嫉妬《しっと》もしていたんだ。僕はメリック牧場をまかされた。なにかを一からスタートさせ、大きくさせるという喜びを、僕は一生知らずに過ごすだろう。チャンスがあるシェーンがうらやましいんだ」

ニックはおかしそうに笑った。

「シェーンは人生を満喫できる。もっとも、そう感じる余裕があればだけど」

コリーは、すべてが丸くおさまったことに安堵しながらニックを見た。

「よかった。胸のつかえがとれたわ。よけいなことをして、二人の仲をもっとこじれさせたんじゃないかって心配だったの」

「きみは、僕とシェーンのよき理解者だよ」

ニックがそう言うと、コリーはまた顔を赤らめ、重ねた手に視線を落とした。

「きみがそんなふうに赤くなるのを見るのが好きだな。なんだかテキサス一の色男になった気分だよ」

ニックが笑いをこらえながら言うのを聞いて、コリーは軽くにらみつけた。

「またそんな……おおげさなことを」

「きみを見てると、ついおおげさなことを言いたくなるんだ。今は、五秒できみを説得し、キスできないか考えている。さもないと、無理やり押したおしてしまいそうなんだけど。どうかな？」

コリーはぐっと顔をあげ、ニックの目をまっすぐ見つめた。恥ずかしくて顔から火が出そうだ。けれど、大人の女性としてふるまいたい。ニックの言葉にはそう感じさせる響きがあった。それに私は、ニックのキスを心の奥底で待ち望んでいる。

「どうぞ」

ニックが体をかたむけた。コリーは目をあけたまま待ち受けた。唇が触れ、ゆっくりまぶたをとじる。次の瞬間、両腕で抱きしめられた。キスはしだいに情熱を高め、むさぼるように激しくなった。まわりのものすべてがぐるぐるまわりだし、熱く燃えさかる火の中にいるような気分になる。唇が離れたとき、コリーはニックの膝の上にいた。熱くほてった額をぐったりとニックの首に押しあて、乱れた息を整えようとした。

ニックが低くかすれた声で言った。

「時はあっというまに過ぎていく。だが僕は時間をむだにするのは嫌いだし、こうと決めたら即実行しないと気がすまないんだ。きみに渡したいものがある」

コリーの胸は高鳴った。顔をあげてニックをじっと見る。ハンサムな口元がやさしく微笑み、黒い瞳は輝いていた。幸せの予感にめまいがしそうになる。ひと言言うのがやっとだった。

「渡したいものって？」

ニックは腰を抱く手を離し、シャツのポケットをさぐった。寄りそって座るコリーの胸に、その手がなにげなくあたり、コリーは全身が熱くなった。

　ニックはポケットからなにかを出し、コリーの目の高さに持ちあげた。人さし指の先に、大きなダイヤモンドのついた金の指輪が引っかかっている。なんとなく予感はしていたが、きらきらと輝くエンゲージリングを目のあたりにして、コリーは言葉を失った。このダイヤの大きさ——信じられない！

「すごく……りっぱね」

　なんてまの抜けたことを言っているのだろう。コリーはあわててニックの表情をうかがった。頭の悪い女だと思われただろうか。けれど、ニックは笑みを顔いっぱいに浮かべた。

「そう、りっぱだろう、ダーリン」

　ニックは振りしぼるような声を出した。

「僕の人生設計もりっぱなんだ。まずは結婚する。そして、愛する女性がいつもそばにいてくれる幸せな結婚生活をいとなむ。それから子どもを育てる。二人か三人はほしくないかい？　男の子でも女の子でもどちらでもいいな。両方一人ずつってのが一番理想だが。きみはどう思う？」

「私には家族が大勢いなかったから、よくわからないわ。でも、そばにいてくれる人がほしかった。できれば体の大きな人がね」

「僕ではどうだろう、コリー。僕みたいな男にもきみに愛されるチャンスはあるかな？」

　たとえ百歳まで生きてもそんな言葉とは縁がないと思っていたコリーは、感動のあまり胸がつまった。自信なさげな響きも意外だった。女性に不自由したことなどないだろうあのニック・メリックが、私の愛を得られるか不安がっているなんて。彼がそんなふうに思っていることが新鮮だった。コリーはあわてて口をひらいた。

「ニック、私、十七のころからあなたが好きだったんだから」

コリーは悲鳴ともつぶやきともとれる声で言った。

「ほんとに……私でいいの？」

「コリーナ・ジーン・デイビス、きみを愛してる。花に水をやっているきみを見た瞬間、僕は恋に落ちたんだ。だが、自分の気持ちにまだ自信が持てなかった。そのあときみがわが家にやってきて夕食をともにし、僕はますますきみに惹《ひ》かれた。僕が嘘《うそ》をついたと、きみが怒って帰ってしまったあと、ようやく確信したんだ。この人だってね。僕の妻になって、一緒に暮らしてくれるかい？　僕の人生の道しるべになって、きみの優しさと良識で僕を支えてほしい。一緒に牧場をやっていこう。そして子どもを作ろう」

涙でニックの顔がにじんだ。嬉《うれ》しさと、ニックを愛する気持ちで胸がいっぱいになる。安らぎと満ちたりた思いに包まれた。この人しかいない。この人とずっと一緒にいたい。

「ええ」

コリーはそう言うと、自分からニックにキスをした。キスだけではものたりない。突然、そんな激しい欲求がわきおこる。ニックが唇を離すと、その欲求はますます強くなった。

「なくしたら大変だから、先に指輪をはめよう」

ニックがぶっきらぼうに言った。コリーは少し体を引き、ニックが自分の薬指をとって指輪をはめるのを見つめた。ニックが顔をあげて見つめ返す。その目を見ながらコリーは、自分は決して早まったとも、間違いだったとも思わないだろうと確信した。

ニックの黒い瞳を見つめながら、コリーは一瞬、二人の未来を思い描いた。嬉しいことや楽しいことだけではないかもしれない。ときには、軌道修正しなくてはいけなくなったり、悩んだりすることもあるだろう。けれど、一人より二人なら、人生は倍になる。今はまだ、おぼろげな未来しか見えないが、互いを思いやる気持ちと愛情があれば、なにも怖くない。

「ニック、愛してるわ」

コリーがささやくと、ニックもささやき返した。

「僕もだ。絶対後悔はさせない」

二人はまた唇をさぐりあった。そのとき、けたたましく何度もクラクションを鳴らしながら、一台のトラックが近づいてきた。はっとして体を離し、音のした方を向くと、トラックは大きな音をたてて家の裏にまわり、ニックの車の横にとまった。エンジンをかけたまま、シェーンが運転席の窓をあけ、顔を出して叫んだ。

「それ、ひょっとしてダイヤ？　そうじゃなかったら、兄貴とまたひともめしなくちゃ」

ニックはにやりとし、コリーの左手を持ちあげてシェーンに見せた。

「どうだ？」

シェーンはにっこり笑い、大きな声で言った。

「ほんとに兄貴でいいの？　でもよかったな、おめでとう！　おい、コリー。泣かされるようなことがあったら、いつでも僕に言うんだぞ」

「おまえは自分の嫁さんでもさがしてろ！」

ニックは言い返した。

コリーは手を振った。シェーンが帽子のふちを押さえてそれに応《こた》える。そして、トラックをUターンさせると、彼はハンドルにおおいかぶさるようにしてクラクションを鳴らしながら、幹線道路へと向かっていった。

とっておきの、ときめきを。
ハーレクイン

花嫁のためらい
2005年9月5日発行

著　者	スーザン・フォックス
訳　者	大森みち花（おおもり　みちか）
発行人	スティーブン・マイルズ
発行所	株式会社ハーレクイン 東京都千代田区内神田 1-14-6 電話 03-3292-8091（営業） 03-3292-8457（読者サービス係）
印刷・製本	凸版印刷株式会社 東京都板橋区志村 1-11-1

ISBN4-596-21772-6 C0297

ハーレクイン社シリーズロマンス　9月20日の新刊

愛の激しさを知る　ハーレクイン・ロマンス

忘れえぬ情熱	ジャクリーン・バード／鈴木けい 訳	R-2061
トスカーナで恋を	アン・メイザー／青山有未 訳	R-2062
完全なる結婚	ルーシー・モンロー／有沢瞳子 訳	R-2063
ギリシアの騎士（異国で見つけた恋Ⅱ）	ジェイン・ポーター／漆原　麗 訳	R-2064
非情なプロポーズ	キャサリン・スペンサー／春野ひろこ 訳	R-2065
醜いシンデレラ	サラ・ウッド／苅谷京子 訳	R-2066

情熱を解き放つ　ハーレクイン・ブレイズ

ためらいの夜明け	ロンダ・ネルソン／駒月雅子 訳	BZ-31

人気作家の名作ミニシリーズ　ハーレクイン・プレゼンツ 作家シリーズ

傷だらけのヒーロー（孤独な兵士Ⅵ）	ダイアナ・パーマー／長田乃莉子 訳	P-258
砂漠の王子たちⅤ		P-259
略奪された花嫁	アレキサンドラ・セラーズ／安倍杏子 訳	
暗闇のシーク	アレキサンドラ・セラーズ／那珂ゆかり 訳	

キュートでさわやか　シルエット・ロマンス

＜愛を誓う日＞

プレイボーイの陰謀（危険な花婿たちⅡ）	ジェニファー・ドルー／沢　梢枝 訳	L-1153
～特別収録～　キャロル・グレイス 作　全編再録『シークと婚約？』		
秘めた絆（恋する楽園Ⅰ）	マーナ・マッケンジー／森山りつ子 訳	L-1154
なりすました恋人	リズ・アイアランド／早川麻百合 訳	L-1155
大富豪の誤算	メリッサ・マクローン／山田沙羅 訳	L-1156

ロマンティック・サスペンスの決定版　シルエット・ラブ ストリーム

導きの指輪（闇の使徒たちⅣ）	シンディ・ジェラード／斉藤潤子 訳	LS-255
愛すれど君は遠く	シャロン・サラ／葉山　笹 訳	LS-256
孤独なマーメイド（愛をささやく湖Ⅲ）	ルース・ランガン／清水由貴子 訳	LS-257
さまよえるプリンセス	ジョイス・サリヴァン／土屋　恵 訳	LS-258

連作シリーズ第13話！

シルエット・コルトンズ　禁断の絆	ケイシー・マイケルズ／佐藤たかみ 訳	SC-13
シルエット・ダンフォース　傲慢なプロポーズ	リアン・バンクス／小池　桂 訳	SD-13
ハーレクイン・スティープウッド・スキャンダル　約束のワルツ	メグ・アレクサンダー／飯原裕美 訳	HSS-13

←～Brilliant Romance～心にきらめくジュエリーを　キャンペーン用クーポン

クーポンを集めてキャンペーンに参加しよう！

どなたでも応募できます。「10枚集めて応募しよう！」キャンペーン用クーポン→

←会員限定 ポイント・コレクション用クーポン